中国科幻
经典大系

偷走人生的少女

主编 姚海军 刘慈欣

海峡出版发行集团 | 福建少年儿童出版社
THE STRAITS PUBLISHING & DISTRIBUTING GROUP | FUJIAN CHILDREN'S PUBLISHING HOUSE

图书在版编目（CIP）数据

偷走人生的少女 / 姚海军，刘慈欣主编 . — 福州：福建少年儿童出版社，2024.5

（中国科幻经典大系）

ISBN 978-7-5395-7623-7

Ⅰ . ①偷… Ⅱ . ①姚… ②刘… Ⅲ . ①幻想小说—小说集—中国—当代 Ⅳ . ① I247.7

中国版本图书馆 CIP 数据核字（2021）第 189838 号

"中国科幻经典大系"入选"福建省优秀出版项目"

中国科幻经典大系
TOUZOU RENSHENG DE SHAONÜ

偷走人生的少女

主编： 姚海军　刘慈欣
出版发行： 福建少年儿童出版社
社址： 福州市东水路 76 号 17 层（邮编：350001）
经销： 福建新华发行（集团）有限责任公司
印刷： 福州印团网印刷有限公司
地址： 福州市仓山区建新镇十字亭路 4 号
开本： 700 毫米 × 1000 毫米　1/16
字数： 191 千字
印张： 14.5
版次： 2024 年 5 月第 1 版
印次： 2024 年 5 月第 1 次印刷
ISBN 978-7-5395-7623-7
定价： 38.00 元

如有印、装质量问题，影响阅读，请直接与承印者联系调换。
联系电话： 0591-87881810

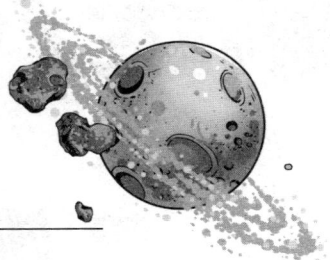

前　言

在时光列车即将驶入 21 世纪之际，我国著名科幻作家叶永烈先生在福建少年儿童出版社的支持下，主编了洋洋大观的六卷本"中国科幻小说世纪回眸丛书"，用精心遴选的 300 万字作品，勾勒出 20 世纪科幻文学发展的基本样貌。叶永烈先生不仅是一位影响深远、对科幻文学有着独到观察的科幻小说家，他在科幻史料的发掘和研究方面，也做了许多开创性工作。因此，"中国科幻小说世纪回眸丛书"在今天仍然是回望 20 世纪科幻文学的上佳读本。

叶永烈先生对科幻文学的未来抱有很高的期望，他在该丛书序言中甚至提议："以后在每个世纪末，都出版一套'中国科幻小说世纪回眸丛书'。"但令人痛心的是，2020 年，叶永烈先生过早地离开了我们。出版界的朋友始终铭记他生前的愿望，曾在福建少年儿童出版社工作多年、曾任福建人民出版社社长的房向东先生和福建少年儿童出版社现任社长陈远先生多次相约，希望我能与刘慈欣一起续编"中国科幻小说世纪回眸丛书"。

21 世纪不是才刚刚开始吗？当我抛出这样的疑问时，两位出版人不约而同给出了一个相同的理由：虽然 21 世纪只过去了 20 年，但这 20 年是中国科幻迄今为止最为光彩夺目的 20 年，我们有理由提前实施叶永烈先生的计划。

我深以为然。

自进入 21 世纪，我国科幻便进入了高速发展的快车道——

以吴岩、韩松、柳文扬、何夕、星河、潘海天、凌晨、杨平、赵海虹等为代表的新生代作家，进一步壮大了他们在 20 世纪最后 10 年悄然发起的新科幻运动，为科幻文学带来青春的律动和类型的大幅拓展。

1993 年偶然闯入科幻世界的王晋康，迅速在世纪之交成为中国科幻重要期刊《科幻世界》的台柱子作家，他的一系列短篇《生命之歌》《七重外壳》《终极爆炸》，以及后来的长篇《十字》《与吾同在》《蚁生》《逃出母宇宙》，为 21 世纪的中国科幻增加了文化上的厚重和哲学层面的思辨。

1999 年，中国科幻界另一位明星作家刘慈欣闪亮登场，并在其后的 10

年里密集发表了《流浪地球》《乡村教师》《中国太阳》等一系列高水准的中短篇佳作。2006年，刘慈欣的《三体》开始在《科幻世界》连载，一时洛阳纸贵。紧接着，2008年和2010年刘慈欣又相继出版了《三体2·黑暗森林》和《三体3·死神永生》，将《三体》三部曲发展成一个无与伦比的恢宏宇宙。2015年8月23日，刘慈欣的《三体》（英文版）获第73届世界科幻大会颁发的雨果奖最佳长篇小说奖，这是亚洲作家首次获得雨果奖，为中国科幻以及中国科幻与世界科幻的对话交流开创了全新局面。

《三体》引发了前所未有的科幻热潮，这一热潮甚至波及海外。《三体》在北美、欧洲以及日本都创造了中国科幻小说的销售纪录，并赢得了良好的口碑。《三体》在今天仍然备受关注，因此，最近10年也被很多评论家称为"后三体时代"。

"后三体时代"几乎无处不闪耀着《三体》的辉光，但就在这辉光中，新星的力量在悄然执着地生长。郝景芳、陈楸帆、江波、宝树、张冉、七月、拉拉、迟卉、长铗、谢云宁、夏笳、程婧波、顾适、阿缺、杨晚晴、梁清散、钛艺、廖舒波……新一代的科幻作家（亦称更新代作家）以更为敏锐的眼光审视并界定科幻的意义，试图在文化传统和国际潮流、现实和未来、科技和伦理的交织中找到立足的锚点。更让人惊喜的是，当下科幻舞台的中心，不仅有新生代、更新代，王诺诺、索何夫、陈梓钧、昼温、念语等90后作家也已经崭露头角。美国著名科幻作家大卫·布林预言，世界科幻的未来在中国。我想，有才华的年轻人不断涌现，应该是这预言最坚实的支撑吧。

科幻的繁荣，意味着我们无法仅以《三体》为轴心对这20年进行评说。中国科幻之所以丰富多彩，根本原因在于它的包容性。21世纪以来，以"何慈康"（指何夕、刘慈欣、王晋康）为代表的"核心科幻"取得了令人瞩目的成就，拥趸众多；韩松式"边缘科幻"也一直特立独行，绽放异彩。可以说正是由于有韩松式作家的存在，中国科幻才成为一个完美的大宇宙。韩松被认为是被严重低估的科幻作家，他的小说既有对当下至为深刻的洞察，也有对未来最为大胆的寓言式狂想，对飞氘、糖匪、陈楸帆等更新代科幻作家产生了深刻影响。

科幻的繁荣，还意味着针对不同年龄层读者创作分工的完成。在原本被认为属于儿童文学的科幻小说日益成人化的同时，在科幻的内部，少儿科幻分支开始重新被认识，并迅速发展。一方面，专门为儿童写作的科幻作家异军突起，包括杨鹏、赵华、马传思、王林柏、陆杨、彭柳蓉、超侠等，其中赵华、马传思、王林柏凭借自己的科幻创作获得了全国优秀儿童文学奖；另一方面，成人科幻作家进入少儿科幻领域也渐成趋势，王晋康、刘慈欣、吴岩、星河、江波、宝树等均创作了少儿科幻作品，吴岩的《中国轨道》也获得了全国优秀儿童文学奖。

这套"中国科幻经典大系"虽然未直接沿袭叶永烈先生"中国科幻小说世纪回眸丛书"的书名，但基本遵照了后者的编辑体例，将21世纪第一个20年科幻小说的主要创作成果分为12册呈献给广大读者，其中很多作品都获得了中国科幻银河奖、华语科幻星云奖等重要奖项，亦有不少作品被译成英、日、法、意等语言在国外发表。其中，《北京折叠》甚至获得了世界科幻大奖雨果奖，作者郝景芳也因此成为第二位捧得雨果奖奖杯的中国科幻作家。

佳作纷呈，但篇幅有限。因此，关于本丛书的选编，有几点需要说明：

一、因便利性等原因，本丛书未包含中国港澳台地区的科幻作品，将来有机会另补一编。

二、21世纪第一个20年科幻创作繁盛，为尽量多收录中短篇佳作，本丛书未收录长中篇及长篇作品。

三、同样因为篇幅有限，无法收录很多作家的全部代表作，我们只能优中选优。

四、个别作品因为版权原因，故未收录。

五、本丛书的编选由我和慈欣共同完成。我初选后，交由慈欣审定。慈欣阅读量惊人，很高兴和他一起完成这项有意义的工作。

六、感谢所有入选作者对主编工作的支持，感谢福建少年儿童出版社对本丛书选编工作的大力支持。福建少年儿童出版社是一家有科幻出版传统的出版社，20世纪90年代推出的"世界科幻小说精品丛书"、六卷本的"科幻之路"和六卷本的"中国科幻小说世纪回眸丛书"均影响深远。希望福建少年儿童出版社每隔20年，都能出一套"中国科幻经典大系"，直到22世纪，汇编成蔚为大观的第二套"中国科幻小说世纪回眸丛书"。

目 录

赌脑

顾适

◆ 第 30 届银河奖最佳中篇小说奖获奖作品

◆ 第 10 届全球华语科幻星云奖最佳中篇银奖获奖作品

【第一幕　雷震】

Allegretto non troppo

（不太快的小快板）

暴雨如注。

一道炸雷落在近旁，轰然作响，震得地都在颤。车夫话说到第二遍，林衍才听清。

"先生，先生，就是这里了！"

是这里？

林衍抬头，雨太大了，三步之外只余一片朦胧，又一道闪电，亮光里仿佛见到一个字——"茶"。"是这儿，"车夫恳切地看着他，"城里就这一处了。"林衍摸出一块银圆，看看车夫褴褛的湿衣，又加了一块。"谢谢先生。"那车夫绽开一个笑，抖着手把钱接过去，塞进车头上挂着的鸟笼里，"叮当"一声，仿佛已经有许多了。他又上前撑开伞，送林衍到屋檐下。然而地上的水足有脚踝深，蹚过去，皮鞋登时就灌满了，裤子也被雨打得贴在身上。车夫还要擦，林衍知道是徒劳："不必。"说完他便进到屋子里去。那门倒厚重，带着嘎吱吱的声响在背后关上，隔绝开一切，徒剩安宁。

……来早了。

连伙计都没到呢。这屋子不大，却高得出奇，抬头看去，少说也有四丈。顶上洋教堂似的攒了个尖，一个大圆风扇在侧面缓缓旋转，此外便灰突突的，毫无装饰。低处略繁复些，窗上雕着梅兰菊竹的花样，只有一扇敞开，伴着雨声探进来一枝红杏。侧面立了个紫檀座钟，近处几张方桌，围着长凳，中间却支了个大台子，上面铺了暗红色天鹅绒布，摆着两个银质烛台——真可谓不古不今、不中不洋了。

林衍最后才瞧见角落的火炉边还坐着个人。是一个夫子模样的瘦小老者，穿着马褂，正在打瞌睡。林衍低低咳嗽一声。半晌，那人终于偏过头，掀开眼："我这店今儿不开张，请回！"

林衍被他这样眯着一盯，心竟突突跳起来。只是他好容易才找到这里，怎么肯走，斟酌再三，还是开门见山道："在下是来赌脑的。"

老者闻言，方才正眼瞧他，抖了抖衣袖起身，再去看林衍时，忽而咧嘴一笑，那嘴角的皮肉便如幕布一般，被拎起来堆到两颊上："呀，怠慢了！先生坐，看我这掌柜当的，这么晚了还什么都没收拾！"他动作也利索起来了，说着拿起桌上的一对核桃，又去窗边。"这么大雨！难怪——先生要是不嫌弃，我这有干净衣衫，您先穿着，过会儿等您衣服晒干了，再换回来？"

林衍讶然道："您说笑，这雨天怎么晒衣服？"

掌柜盘起核桃来，不紧不慢道："先生难不成头一回进城？咱们这同外边不一样，我瞧着今儿这天，不单会出太阳，晚些还要下雪呢——先生不信？不信我们赌一赌！"

林衍略有些拘谨："我可不是来同您赌这个的。"

掌柜笑得更深："自然，您是来赌脑的嘛。您先坐，我去把那几个头化开。"

林衍怔忪道："头……还要化开？"

"可不，头这会儿都冻着呢！衣服我放在这儿了，您随意。"掌柜道，说着就走了。

林衍见里外无人，干脆便换了店家备下的长衫和布鞋。不知什么时候雨停了，真升起明晃晃的大太阳来，把杏花的影子打在墙上，随风摇曳。林衍把湿衣裤搭在屋角的凳子上，回过头时，竟见门口站了个少女。她一面伸手摘下兜帽，露出皓腕上一抹翠绿的冷光，一面嘟囔着："好冷。"那手放下来，又去掸身上的雪渣。林衍想看她的面容，挪了一步，少女闻声转过身来，看见他，慌忙站定，柔声问："公子可是今日的庄家？"

巧笑倩兮，美目盼兮。

林衍呼吸一滞，顿了顿才道："庄家去准备那些……头……嗯，敝姓林，林衍。"

"穆嫣然。"少女轻轻回了三个字，略一施礼，便径自坐到桌边去，把外袍解下来放到一旁，里面一身珠翠锦缎，奢华得十分随意，反倒显得可亲了。林衍一时忘了言语，见她看向自己，才慌忙开口道："穆姑娘……可是遇到雪了？"

穆嫣然看看窗外，抿嘴笑问："公子遇到雨了？"

林衍道："是啊。这天怎么会变得这般快？"

穆嫣然脆声道："城里东雨西雪，南夏北冬，都是常有的事，全看走哪条路了。林公子是第一次进城吗？"

林衍答道："我都记不得了……姑娘倒像是很熟悉城里的境况。"他见那炉火上有个大壶，便取来给少女和自己各倒了一杯水，又顺势坐在她身侧。穆嫣然接过茶杯，道了声谢，又说："我是生在城里的。"

"从没出去过？"林衍问，见她笑而不答，便赞叹道，"自然是了。看来姑娘便是人们口中的'完人'啊。"

穆嫣然却不喜欢这称谓，蹙眉道："什么'完人'？要我说，这'完人'就是被困在城中的木偶。"

林衍愕然道："困在城中？姑娘这话又是怎么说的？进城是多少人一

生的梦想，他们想来却不得其门而入，你倒想出去？”

　　"坤城弹丸之地，不过是借着与城外六国皆有城门相通，才能成为今日的枢纽。而六国虽彼此隔绝，时空又不稳定，但那里的天地却广阔无边。我一直很想去看看。"穆嫣然淡淡道，又转过头，对林衍继续说道，"我确实常听人说，外面的人都想进城来赌脑。公子可知是什么缘故？"

　　林衍想了想，才答道："赌脑说起来，赌的看似是脑这件事物，其实是在赌这些脑中有什么样的想法、什么样的记忆。人们读了脑中的信息，就如同在这世间多活了一遭，能看见以往看不见的路，做出不一样的选择——说到底，这赌脑是在赌自己的命运啊。"

　　穆嫣然问："那你们赌上命运，又是为了什么？"

　　"大约……是为了改变自己的命运吧……"林衍低声道，顿了顿，似是不想再多说，便问，"嫣然姑娘既是'完人'，为何还要来赌脑呢？"

　　穆嫣然眼眸一下子亮了："我最近一直在想，若是能读旁人的脑，那我就不只是我自己了，而会变成一个更广大的我——说不定还能一下子明白这乱世的真相，进而改变这个世界呢！这不比读书有意思多了吗？所以我就来赌脑了！"

　　林衍讶然道："姑娘只是因为好奇？"

　　穆嫣然"嗯"了一声，林衍不解，追问："可赌脑耗费甚巨，风险又大。"

　　穆嫣然道："钱财乃身外之物，若是能一朝参悟得道，冒些险又算什么？"

　　林衍摇头道："参悟得道？姑娘竟信这种托词……你到底年纪轻，还是太天真了。"

　　穆嫣然冷笑一声："你不也是来赌脑的吗？倒教训起我了。"说着便气哼哼偏过头去，不再理睬他了。林衍还要继续同她理论时，大门却嘎吱吱开了——是老掌柜。他两手各拎了个红木匣子，看着十分沉重的样子，一步一颤。林衍便转而对穆嫣然轻声道："这位才是庄家。"眼睛却忍不住直勾勾盯着那匣子看。见其样式极为古朴，其一在盖子上画了个黑圈，内书"山料甲"等字，其二画了个金圈，内书"籽料乙"等字，锋骨毕露，功底极深。那边老掌柜瞧见穆嫣然，却喜笑颜开道："呀，穆小娘子来了！您招呼一声，小老儿去接您啊。"

穆嫣然嘴上道"哪敢劳烦你"，却一动不动受了他的礼。老掌柜一面把那两个匣子放到中间的台子上，一面还扭着脸对穆嫣然点头道："您来得巧！今日这两个头，都是上等的好货，您可要先看看？"

穆嫣然略蹙了眉。掌柜忙一拍腿："瞧我！这等晦气的玩意儿，污了您的眼！"

穆嫣然道："话不是这么说的。我是想看——可又会怕……"

"嗨！不怕，都是些死物……"掌柜道，说着就要去掀那匣子。"死的才可怕——"吓得穆嫣然连连摆手，又顿了顿，问，"这头是死的？"

"您别担心，我这里的货，向来童叟无欺！"掌柜一面说着，一面又把那对油亮的核桃捏在手心里，"这头不过是个壳子，从身上切下来就死了——脑是活的就行了。您可知道我们这行当，为什么叫赌脑？"

穆嫣然端起水杯，轻轻抿了一口。那老掌柜见状，便兴致勃勃道："因为单看头面，任您猜得天花乱坠，也不知道脑里装了什么——可不就得赌嘛！然而这会赌的人吧，总还是能从脸上多看出些东西的，所谓察言观色，说的便是这件事。小老儿多一句嘴，您今儿个要真是想赌，还是看一看的好。"

穆嫣然迟疑道："能看出什么？"

掌柜道："毕竟相由心生——就算别的都不看，也得看看您同这两个头有没有缘分吧。"

穆嫣然问："又关缘分什么事？"

掌柜微微一笑："您亲自来，一定是要自己用了。这不是缘分吗？"

穆嫣然正要答话，几人忽听"咚"一声轻响，都齐齐向屋角看去。原是到了正午十二点，西洋座钟报起时来了。黄金表盘之上，探出一副惨白的鸟雀骨架。它支棱开光秃秃的前肢，鸟喙一张一合，发出柔美的"布谷"声响。"吉时已到！"老掌柜忙高声道，又转向穆嫣然，"小娘子请。"

穆嫣然毕竟是大家出身，见此情形也不再退缩，走上前去，伸手在"籽料"的木匣上轻轻一按，那匣盖便径自展开。然而她只瞧了一眼，面上竟愀然变色，连惊叫都堵在喉咙里，只让余人听见本能的吸气声。林衍再也按捺不住，凑近去看。先瞧见内里半黑半白，细看才看清黑的是头发，白的却是裸露在外的脑——匣中头颅的头骨竟被人生生剥去了一半，端的是可怖至极！他这一惊非同小可，退后一步，慌乱道："这……这是怎么回事？"

掌柜斜斜看了他一眼，便"咔嗒咔嗒"盘起核桃："所谓'籽料'，正是要擦去些面皮，好让客人瞧见里面的脑——怎么，先生连这个都不知道？"

林衍才想起那头的五官如何、年岁如何，自己都没有看到，再想要上前时，心里又打鼓，强压着道："多谢庄家点拨。"

掌柜停住手，一面把核桃收到袖子里，一面躬身笑道："终归是咱们小娘子见多识广，头一次见'籽料'，就是这副气定神闲的模样……"顿了顿，他见穆嫣然还是不说话，便又问："您可要再揭开这山料看看？"

穆嫣然浑身一颤，反手就指向林衍："他去！"

"是了，按规矩也得他来，小娘子是讲究人。"掌柜忙道，又对林衍道，"先生请！"

林衍见他话虽客气，却只站定似笑非笑看着自己，隐隐透着鄙夷的模样，全不似对那姑娘般恭敬，胸中登时一口气顶上来，几步上前，把匣子一掀，里面的头都跟着晃了一晃。那匣壁竟也随之展开，便见一个剔透的水晶头颅立在那里，内里灰白的脑清晰可见，其上细细密密，爬满鲜红的血管。这又是另一种奇诡的景象了。林衍离得近，一时看得太过清楚，竟也如先前穆嫣然那般，满腹惊疑都卡在嘴边，却什么都说不出来。所幸穆嫣然先问道："这……就是'山料'了？"

掌柜道："正是。'山料'之中，头颅只是存脑的容器，虽可见脑，却看不到与脑共生的'面孔'。对赌脑者而言，就更难判断脑中之物是否难得了。"

穆嫣然撇嘴道："那还有什么好赌的。这也能算是好货？"

掌柜道："平常的'山料'我哪敢拿到小娘子面前来？这一件颇为不同……"

穆嫣然打断他道："我不听。你现下编出再多花样，我也无法印证。你只管说这一个——说这'籽料'吧，它好在哪里？"

掌柜忙去卸下那木匣四壁，又从夹层中取出一块光秃秃的头骨，严丝合缝盖在那"籽料"光裸的脑上，如此一来，那头总算齐整许多。能分辨出是个男子，五官略有些肿胀，看着并不年轻了。掌柜忙活完，回道："小娘子请坐，听小老儿同您慢慢说。"等穆嫣然坐了，他才摊开一只手，对林衍做了一个"请"的姿势。林衍迟疑了下，复又坐到穆嫣然身侧。那边老掌柜继续说道："要说这一个脑比旁的脑好在哪里，还真得从更久远的事情说起。二位可知，这赌脑一行，源于何处？"

穆嫣然一听，便把方才的恐惧抛诸脑后，道："愿闻其详。"

掌柜道："彼时有这么一些人，或因年迈，或因病重，快要死了，却以为在将来，人能够长生不老，就将自己的头颅割下来冰冻，留与后人，想要在百年后重生……"

穆嫣然疑道："他们为何要这么做？又如何确认这头颅能安全保存百年？'后人'又是什么人？"

掌柜一拍额头："呀！是我没说明白。小娘子想必知道，那世间曾与现今这乱世十分不同，我们且称其为'治世'好了。在这治世里头，时空处处井然，人人皆是完人，时光从过去流向未来，永不复返。"

穆嫣然愈发疑惑："有这样的地方？如今连城中的完人都极难见到了……难不成，是他们的城很大？"

掌柜摆手道："非也。那时并没有城，世间的秩序也比如今这城中要好得多。"他看看两人茫然的神情，叹道："两位只当这'治世'是座无边无际的城吧，因太大了，连城中的天气都不会被外面的四季影响。"

"没有这样的城。你诓我。"穆嫣然摇头道，顿了顿又对掌柜道，"罢了，你继续说。这些人要重生，又如何？"

掌柜道："这些人虽是死了，却给世间留下许多头颅。然而百年后，人们只知如何读这些脑中的记忆，却并不能让他们复生。"

林衍却插话道："您这话没说全，怕是没有人想让他们重生吧？"

掌柜终于正眼看了看他，笑问："先生这话又怎么说？"

林衍道："人生在世，自己活下去都已十分不易，谁又会复活一个年迈病重的人，让他成为自己的负担呢？当初这些妄想割头保命的人，未免太蠢了些。"

穆嫣然轻轻拍了一下他的手臂，嗔道："他们既是快要死了，又有钱财能冻住头，留个念想也不足为奇。你且不要打岔，让庄家说。"

掌柜道："先生说得十分有理。所以在治世时，鲜有人想去读这些头中的信息，既怕自己受其影响，也有不甚在意其生死的缘故。然而到了乱世之中，这些头颅倒成了人人争抢的资源。只因时空逆转之时，人的记忆也随之消失，活得行尸走肉一般。他们只有凭借读取这些脑中的记忆，才有可能想起自己是谁，明白这世间真正的模样。"

穆嫣然恍然道："难不成，所谓参悟——就是对自我、对他人的觉知？"

掌柜一怔，收了笑，悠悠道："不可说啊……"

林衍早前虽对赌脑的缘起略有耳闻，但从未有人像掌柜说得这般详细明白，他听得正兴起，话音却忽然停在这一句上，令人难免有些失望。没想穆嫣然也有同样的疑问，竟起身行礼道："还请庄家指教。"

掌柜忙道："这怎么敢当！然而此事既然名为'参悟'，便得靠小娘子自己悟得。况且小老儿自己也身陷无明，又怎会知晓它是什么？我只知道，赌脑的生意只城内有，然而读取脑中的记忆的物事，却只在城外才有。这是城中时空稳定的根本——毕竟，若是一人在得到他人记忆之后有所'参悟'，便会致使其所处之地时空逆转，人人忘却过往，重新来过。"

林衍叹道："这遗忘的无明之苦，又让多少人对赌脑趋之若鹜。"

掌柜闻言，对他苦笑道："正是，然而能进到城里的人毕竟太少，还有些是去而复返的。那些老赌徒，每每提头而去，又茫然而归，以为自己从未到过我这小小茶馆，直至赌得家徒四壁……我们这行，其实也不好做。"

穆嫣然却不耐烦听他抱怨，道："罢了。庄家还是同我们说说，为何这'籽料'比旁的脑好？"

掌柜道："小娘子若是不怕了，可到近前来看。"

他话音才落，穆嫣然便站起身来，林衍也放下茶杯，同她一起凑到那头颅侧旁。掌柜将那片头骨卸下来，道："二位请看，这脑可有什么特别之处？"

林衍细看时，才发觉那脑上隐约有一道弯曲的线，顺着沟渠展开，线一侧的脑颜色更深一些，另一侧则更浅一些。穆嫣然道："像是……拼起来的？"

掌柜道："正是如此。这意味着此头的主人，曾读过旁人的记忆，且是用最久远的技术去读的。他有可能读了那些源于治世的脑。"

穆嫣然沉吟道："故而用这一个脑，就更有可能参悟？"

掌柜道："未必。但这脑既是拼起来的，总比平常的存有更多信息。"

林衍摇头叹道："可谁能知道这些信息是有用，还是无用？"

掌柜嗤笑道："先生这话就太外行了。"

林衍忙道："庄家何出此言？在下只是听闻平日赌脑，都是要看五官来判断其人性情志向，甚或用血缘查出此人姓何名谁，生平如何，再看其价值几许。这直接看脑的法子，该用在'山料'上才对吧？"

掌柜十分干脆，把半块天灵盖往那头上一扣，道："好，那你看。"

林衍登时语塞。一旁穆嫣然浅笑道："林公子说的这两样，都得咱们自己看啊。这看的本事才叫赌，不然话都叫庄家说尽了，你我还赌什么呢！这些话他就不能说。"

掌柜躬身道："您高明。"

林衍道："可我自己确实看不出什么。"

穆嫣然闻言，却背过身去，先绕到那水晶裹着的"山料甲"处，细细看了看，又调转过头，凑到"籽料乙"近前，用纤纤玉手点了点那光裸的头骨，终于看向林衍，沉下脸道："你看不出？你进城就是为了查这些头的，你以为我不知道！"

此话一出，四下里登时一片寂静，只听见头顶风扇缓缓转动时，擦出的"呜呜"轻响。外面无风无雨，日头大约也被云遮住了，故而这屋内也无光无影。一切都是灰色的、停滞的、警惕的。掌柜瞪着林衍，林衍头上沁出一层细密的汗珠。静默的对峙把时间撕扯得更长了。忽有一只铜鸟从窗口飞入，呼啦啦引得几人都转过脸去看。它泛金的羽翼削落了一朵红杏，在屋中飞了一圈，抖抖翅膀落在那"山料"侧旁。铜鸟又扬起一边翅膀，"嗒嗒"地啄自己腋下。终于触动机关，打开腹部一道小门。铜鸟复又把头探进自己腹中，竟叼了一枚硕大的红宝石出来，一脚踩住，便站定不动了。

穆嫣然十分惊奇："这是什么？"

掌柜忙道："应是有人进城时耽误了，先送来定金。"说着就要上前去取。铜鸟登时展开翅膀，作势要去啄他。掌柜吓了一跳，往侧旁走了两步，那鸟儿随之歪过头去看他，眼睛横着，细看时那眼珠竟是个西洋表，大约是两点一刻的样子。掌柜往回走时，铜鸟又用另一只竖眼看他。显然两只眼时辰不同。掌柜掐指一算，便喃喃道："快到了。"

"此物真是精巧！"穆嫣然赞叹，又追问掌柜，"它这举动，是说它的主人要买下这'山料'吗？"

掌柜一面答"正是"，一面伸着头去瞧那宝石。穆嫣然问："那我们岂不是不能赌了？"

掌柜笑道："既是赌脑，小娘子只需比他出价高即可。"

穆嫣然道："我怎么知道他这破石头价值几许？还不是看你想给谁。"

"自然是小娘子先挑，规矩都是给旁人的。"掌柜垂首道，想了想，又舍不得那颗宝石，道，"不过，他定的是'山料'，小娘子中意的是'籽料'，倒也无妨。"

林衍忙问："那我呢？"

"你？"掌柜哼了一声，怒目看向林衍，"你还是先说明白，你到底是来做什么的吧！"

穆嫣然轻轻"呀"了一声，也看向他："被这鸟闹的，倒忘了这一出。"她又对掌柜道："林公子先是在城外辗转跑了几家冷库，才进城直奔你这铺子而来——这可不像是要赌脑啊！"

掌柜道："这城里城外，哪有事情能瞒得过您！"

穆嫣然点了点头，又看向林衍："你说明白是进城来做什么的，我就不难为你。"

林衍听她语气，竟是要惯了威风的模样，终于察觉她不是平常女子，便问道："姑娘——是什么人？"

穆嫣然偏过头，浅浅一笑："你还盘问起我来了。你猜我是谁？"

一缕发丝顺着她脖颈散下来，直垂到胸口，黑得发亮，比锦缎还柔滑。林衍被她盯得有些心痒，笑道："姑娘手眼通天。在下初来乍到，怎么猜得着？只是听闻近来城中人口甚杂，'完人'越来越少，只城主家风严谨，从不许子弟出城一步。不知与姑娘可有什么渊源？"

穆嫣然坐下，端起茶杯道："我若是说有呢？"

"所以我才替姑娘担心哪。姑娘身为'完人'，最难得之处，就是从未经历过时空逆转，所以清楚知晓自己过往的一切。于这乱世而言，'完人'所说的话，比时间还要可信呢。然而你只要一步踏出城去，外面的世界如何运转，可就不听姑娘的了。"林衍说到此处，又摇头叹息，"加之姑娘还要赌脑……若是到时候没有参悟，倒扰乱了自己的记忆，实在是得不偿失！"

掌柜却冷笑道："先生东拉西扯这么一大通，是想绕开小娘子的问话，还是想打消小娘子赌脑的兴致？这等招数，未免太无趣了些。"

穆嫣然收了笑，微眯了眼，对林衍道："对。你胡诌这些做什么，只管说你为何找来这里就是了。"

林衍看看两人神色，知道再难搪塞过去，便坦然道："我来这里，既是想要赌脑，也是来查一桩案子。"

另二人同时开口问："案子？"

林衍颔首道："穆姑娘既知道我行踪，我也不好再瞒下去。此事说来十分不堪。我原在震国生活，六国之中，此处应是最繁华的所在。然而五日之前，那里却出了桩命案。有人在光天化日之下，在市集之中摘取他人头颅。"

穆嫣然惊道："怎么会有这样的事？"掌柜虽未开口，却也露出惊诧的神气。连那铜鸟也抓着宝石，扑棱着跳到近旁的方桌上，侧过头看他。

林衍低叹道："震国虽比不上城里安宁，但闹市中杀人这样的事情，也是我记忆里头一桩。凶手选在正午动手，用一个束口袋子，套在路人头上，便一走了之。受害者在市集中挣扎许久，可他越是想要扯开那袋子，束口便收得越紧。直至他血溅当场，整颗头颅都被收入袋中。只剩一具无头尸倒伏在地……那惨状，简直无法用言语形容……"

穆嫣然急切地问："就没有人帮他吗？"

林衍道："在下恰巧在侧旁，虽想帮忙，却还是无能为力，眼睁睁看着他殒命当场，实在是难以平复，故而一直追查至今。"

穆嫣然道："真是无法无天了！可抓到那凶手了？"

林衍道："非但没有抓到人，连受害者的头也在混乱中丢失了，恐怕就是被那凶手拿走了。"

穆嫣然怒道："震国人怎么如此无能！"

林衍道："事情太突然，市集人又太多。我原本是要帮忙的，倒险些被警司抓了起来。再说那袋子形状诡异，我问遍国人，竟无人识得，恐怕不是震国之物。二位应当知道，在这乱世之中，各国经历了不同次数的时空逆转，在时间上彼此相差数十年之多，掌控的技术差异极大。若是有人带了这样的事物，从别的国家穿城进入震国，我们也实在是防不胜防啊。"

穆嫣然道："可这凶手要人头来做什么……"说到一半，她便像是想起什么，看向掌柜。

林衍在一旁道："姑娘可听过'头颅猎手'？"

老掌柜僵直了背脊，硬邦邦道："你莫要血口喷人！"

林衍道："我如何血口喷人？还望庄家指点。"

掌柜自知失言，先掏出核桃来盘，没转几下又停下来，去看铜鸟眼睛上的时刻。穆嫣然道："我虽知'头颅猎手'，但城里早就没有了。害人性命来赌脑，这般伤天害理的事情，是决不允许的。"

林衍道："姑娘宅心仁厚。然而城中之事，你真的件件清楚吗？"

掌柜一拍桌子："你敢说城主昏聩？"

他说完才发觉自己贸然点透了穆嫣然身份。幸而穆嫣然并未注意此事，只道："你何必这样疾言厉色，倒显得你亏心。"她又问林衍："你查到什么了？"

林衍也没想到这小姑娘竟是城主，难怪她知道得这么多。一时答话的语调都比先前轻柔许多，垂首道："我在震国经营许久，各处关节都有熟悉的人。故而虽晚了一步，却一直知晓凶手行踪。此人先去冷库，将头颅冰冻，今早又由雷门入城。如今，也该到这茶馆里了吧？"

穆嫣然寒声道："是这两个头中的哪一个？"

掌柜叫道："小娘子这话是从哪儿说起的！我这店最规矩，几时会从猎手那买头？"

林衍苦笑道："这便是他们胆大的关键了——单凭看，我确实判断不出这头是不是震国那个受害者。要想知道真相，还是得赌脑。"

掌柜正要说话，却听穆嫣然冷笑一声："未必。"

林衍眼睛一亮，问："怎么说？"

穆嫣然伸出一只手，去抚摸那铜鸟颈上的羽毛。鸟儿瑟缩了一下，却并未抗拒，只是颤抖着抠紧了脚下的宝石。窗外狂风鼓荡，吹落一地花瓣。大门骤然洞开，却见一人提着个袋子，站在外面。

穆嫣然道："瞧，这就来了。"

【第二幕　风巽】

Andante

（行板）

黄沙滚滚。

尘土从门外卷进屋里。在洒落的天光之下，众人初时只瞧见来人剪影，待走近些，才看清是个女子，又不尽然。此人自右眼以下的半边面孔，脖颈乃至手臂腿脚，都是钢筋铁骨铸成，纤瘦沉重，森森然泛着金属的寒光。那残缺的另外半张脸上，亦刻满了大小伤口。林衍起身把门关上，老掌柜则拖着步子去关了窗。屋里忽然又沉静下来，只顶上的风扇转得勤，微尘一股一股地飘散入内，弥漫飞舞。

女子摘下风镜，方露出两只完好无损的眼睛。她四下看去，目光先在掌柜身上停了一瞬，又略过穆嫣然，最后却落在林衍身上，震惊地看着他，嘴角抽搐，面皮上生锈的铁片也在颤抖："你……怎么会在这？"

穆嫣然正色问道："你是谁？"

女子对这问话置若罔闻，把袋子往邻近的桌子上一放一抖，便滚出一颗头颅来。诸人没料到她这举动，都是一惊。穆嫣然吓得一下子站了起来，引得身侧的铜鸟都飞跳到茶壶上，脚下红宝石在壶壁上敲出"咚"的一声闷响。林衍去看时，却见那头颅外面裹了一层乌突突的黑冰，一时也瞧不出有什么端倪。掌柜慌忙收起核桃，抖平袋子，盖在那头之上，颤声道："怎能给城主看这等肮脏的东西？！"

女子见那头还在，便几步走到林衍身侧，仔细看了看他，才长舒一口气，低叹道："这也太巧了。"她又扬起脸，对掌柜道："这头就给你了。"说罢抬脚便要走。林衍忙上前拦住她："且慢！"女子冷笑一声，用机械手轻轻一托，林衍只觉眼前一花，竟毫无抵抗之力，狼狈地跌坐在一旁。然而女子绕过他再去推那门时，大门却纹丝不动，似是从外面被拴住了。她这才回过头，问道："你们这是什么意思？"

林衍起身，一脸警惕站在门边。穆嫣然却不慌不忙坐下，缓缓道："你不能走。在这城中，做'头颅猎手'是死罪！"

那女子一怔："'头颅猎手'？你以为我是来卖头给庄家的？"随之哈哈大笑起来。大约是喉咙有一半是铁的缘故，那笑声里夹杂着尖锐的嘶鸣，仿佛利爪划过石壁。穆嫣然道："哦，难道你不是？"女子一面笑，一面说道："你是城主。你说是，便是吧。"

穆嫣然道："你就没有什么要申辩的吗？"

女猎手道："我说了你也未必信，又为何要多费口舌？我杀此人，问心无愧。"

林衍走到她面前，质问道："这死者是谁？"

女猎手却避开他的目光，道："你想必已经知道了。"

林衍只觉一股热流蹿上头顶："你就是震国市集上的'头颅猎手'？"

女猎手愕然道："你当时也在？"眉眼间的神情，显然是承认了此事。穆嫣然低声问林衍："这头到底是谁的？"

答案就在嘴边，林衍却说不出口。他又是愤恨，又是难堪，只道："请庄家把头化开，姑娘就知道了。"他又狠狠看向那女猎手："你为何要杀他？是为了庄家的酬金吗？"

女猎手嗤笑道："这颗头我是送给掌柜的，分文不取。"

掌柜闻言，急得直搓手："姑奶奶，你是怕事情不够大啊！"

穆嫣然抿了一口茶，对掌柜道："我倒觉得林公子说得有理，庄家还是先去把这头化开，既能解我的疑惑，又能保你的清白。"

掌柜慌道："这一时半会儿的，也准备不好啊。"

"我知道你的本事。"穆嫣然浅笑道，又看了看那西洋座钟，"一点钟应当差不多。还是说，需要我找人帮你？"

她话说到这里，已是再不给他推脱的机会了。掌柜左右看看，又见林衍也盯着自己，只得无奈地把头裹进袋子里，缓缓走了出去。大门一开一关之间，只见外面一片惨淡的混沌。风已平息，但尘埃尚未落地，黄沙模糊了天地的边界，几乎分不清是昼是夜。门将掩上时，穆嫣然轻轻打了个响指，便听"咔嗒"一声，显然那门又锁上了。林衍见状，才真觉出这小城主与旁人确有些不同。他走到穆嫣然身边，发觉她的茶杯空了，便去拿壶，壶里的水又凉了，他便又去屋角续了些水，将那茶壶置于火炉之上。

穆嫣然坐下，对女猎手道："他走了，你只管放心告诉我们实话。你为何要杀那个人？"

女猎手不答。穆嫣然又柔声道："你说我们不信你，这话就不对。你说出来，信不信在我。我虽年轻，却不糊涂。"

女猎手依旧不作声。穆嫣然却一点不急，继续说道："就算你不在意生死，事情总也要分辨个对错。人活在世上，不过是争一口气。若是此人该死，我就为你正名，放你出城。"

女猎手道："他当然该死！"

穆嫣然道："那就说出来，为什么？"

女猎手静默许久。那边壶里水烧开了，"咕嘟咕嘟"响。林衍便去提了壶，来为自己和穆嫣然杯中添了茶，又坐到她身边。穆嫣然偏过脸，对他甜甜一笑。两人一时离得很近，林衍直到那女猎手说到第二句，才听见她在说什么。

"……我知道这个人，是很久以前的事情了。彼时我还是这城中的一个机械卫士，奉命去巽国找他。"

穆嫣然愕然道："你原先是机械人？"

女猎手眉头一皱，哑声道："我自然是机械人，你看不出来吗？"

穆嫣然与林衍对视一眼，再看向那半人半机械的女猎手，问道："那你这身体是怎么一回事？"

女猎手却冷笑道："你到底想让我说什么？"

两人还未答话，女猎手便又道："罢了，算是同一件事，只是要说得更久一些。"

穆嫣然道："庄家去化那颗头，还要些工夫，我们不急。你先说你当日去巽国找人，是得了什么命令？"

女猎手便说道："去警告他，告诉他不要去震国。然而我却一时没有找到他，只能先留在巽国。"

穆嫣然问："这是为什么？机械人没有完成任务，通常不是要立刻回城复命吗？"

女猎手答道："我去之前，城主给了我一段关于他的记忆，告诉我说，只有找到这个人，我才能回到城中。"

"等等。"林衍疑道，"你说城主能给你记忆？"

女猎手没回答。穆嫣然倒十分乐意为他解惑，道："城中的这些机械人，原是储存人类记忆的容器。但乱世降临后，城里留下了让机械接收人类记忆的法门，却遗失了让人类读取机械记忆的技术，所以他们就只能当卫士来用了。有时吩咐给他们的事情太复杂了，我就会用这个法子。不过，她所说的城主应当不是我，我不记得有这件事。"

林衍沉吟道："人能把记忆存到机械人里，却不能读取？这事……同赌脑可有什么联系？"

穆嫣然想了想，才道："确实像是同宗。我听说乱世之始，是源于一个名为'脑联网'的事物。此物能让人与人心灵相通，再无隔阂。这技术应用之初，还需要用机械做媒介，人们才能彼此连接。后来不再依靠媒介，却不知为何搅乱了时空……"

林衍听得瞠目，问道："人脑与时空有什么关联？"

穆嫣然道："这……我也不大懂。"

女猎手却在一旁嘶声道："我倒是听人说过，这'脑联网'搅乱的并不是时空，而是人的记忆。人忘却过往，又看不到未来，就以为时空也乱了。"

林衍闻言，登时想起老掌柜说的"参悟"之事，再细想时，却觉得毫无头绪。"你这人总是东拉西扯，我们都被你带远了。"穆嫣然对林衍笑道，又将眼风扫向女猎手，"你继续说，那位城主给你看的，是什么样的记忆。"

女猎手看看林衍，道："记忆里只有那个人的容貌，然而它却彻底改变了我。我去巽国之前，竟然自己来到这间茶馆，问掌柜我同人类有什么区别，为什么那段记忆里，有我无法理解的情感？

"掌柜告诉我，他只懂人，不懂机械。但他认识一个巽国的钟表匠，算是个世外高人，或许能帮上忙。于是我在去巽国找人的途中，去了那个钟表匠的家。

"那是在沙漠里，一栋孤零零的小房子。门外有一棵枯死的杏树，树下一地羽毛。屋里空间极小，却有一张极大的工作台，四周摆了大大小小的架子，上面满满当当，全是各式各样的零件，几乎连让人站立的地方都没有了。我到那里的时候，工作台上只有一颗核桃大小的鸟头。钟表匠正在用凿子撬开它的头骨。他看见我，就停下手中活计。我问他在做什么，他说他在制作一架西洋钟。

"他又问我为何来找他，我便告诉他，我想知道自己和人类有什么不同。

"钟表匠回答说，世间万物都有魂灵，只是各自被禁锢在躯壳里。通常而言，机械总会更愚笨，而动物天生便更有灵性。极偶尔地，会有一些生于乱世之前的机械，有异常聪明的头脑。钟表匠觉得，我应当就是其中之一。他知道一些古代的秘法，可以让我像人一样思考。

"我说，我不只希望像人一样思考，我想要变成一个真正的人。

"他没有直接回答我，而是在屋中翻箱倒柜，末了，找出一个尚未完成的座钟，他把时针调到整点，便有一只机械鸟从钟里跳出来，羽翼僵直，鸟喙大开，举动无比蠢笨。他见状摇了摇头，又用铜针取出工作台上那只鸟的脑，小心翼翼放进机械鸟的头中。

"把脑装进去之后，钟表匠触发了一个机关，那机械鸟忽然就展翅飞起来，左跳右跳，活脱脱是一只真正的鸟。

"他问我，这就是你想要的吗？

"我告诉他，是的，我想要成为人。然后他告诉我说，如果是这样，我需要给他找来一颗人脑。"

穆嫣然蹙眉道："城外怎么会有这种疯子——看来，震国市集上死的那个人，并不是你杀的第一个人。"

女猎手正色道："我是杀了他没错，但我没有伤害过其他人。这个身体的主人——"她伸出纤白的左手："她是自愿的。"

穆嫣然道："我不信。"

女猎手道："你从未出城一步，又怎会知道世间疾苦？外面有的是绝望的人，只要能挣脱苦楚，他们宁可放弃生命。况且，如今她与我合二为一，又怎么能说是死了呢？"

穆嫣然却不愿意听这些话，道："你少来同我讲这些空道理。后来发生了什么？"

女猎手摇了摇头，继续说道："我告诉钟表匠，我不会为了自己的欲望去害人性命。所以我就留在了他的房子里，一面做他的助手，一面等待我要的脑。"

林衍听到此处，又恼火起来，讽道："难道你不是回到城中，同庄家买了一颗头，再去为他猎杀别的人？"

女猎手似笑非笑道："既然你都知道了，那不如你来告诉城主？"

穆嫣然责怪林衍道："自打她进来，你就没说过有用的话，你还是不要说话了。"言辞虽十分不客气，神情却非常可爱。林衍愈发心乱如麻，也就没再张口。女猎手却对林衍道："你说的也不无道理。我要寻脑，自然应当到城里来，留在巽国的缘由，还是因为我没有找到那人，无法回城复命的缘故。然而两年后，我竟然在钟表匠的房子里见到了他。

"他带了一颗头来。到了这个时候，我才知道，那钟表匠的住所，也是人们在城中得到脑之后，读取脑中记忆的一个去处。

"然而钟表匠不肯帮他。钟表匠说，巽国难得稳定这么久，他自己也有很多事情要做，不希望有人因读脑而参悟，致使时空逆转，一切重新开始。

"钟表匠建议他去震国，说那里也有人能帮他读脑。"

林衍登时坐直了身子："震国？"

女猎手道："正是。所以等他离开那房子之后，我在沙漠里追上他，告诉他当年城主的警告——"

穆嫣然低声道："不要去震国。"

林衍道："那他为什么还是去了？"

女猎手道："这原因我也不知道，他离开了。但分别的时候，我知道他已经犹豫了。后来钟表匠对我说，他不肯帮那个人读脑的真正原因，是从一开始此人就不够坚定——此人还没有想清楚，是应该赌上全部的记忆去追求参悟，还是留在当下的生活之中。"

她顿了顿。风又鼓荡起来，吹得顶上那风扇嗡嗡作响，然而并不会再飘进来浮尘了。阳光从窗户洒进来，把窗上的花枝纹样映在地上，像是一幅变形的浮雕。女猎手继续说道："尽管完成了任务，我还是在巽国多留了一天，就是那个时候，我遇到了这个女子。"她一面说着，一面用右手挡住右脸，剩下的几乎就是一张人类的面孔。

穆嫣然看着那张脸，忽然觉得仿佛在哪里见过，低声道："自愿把身体给你的那个人。"

女猎手道："你也可以说，是我自愿把身体给她。"

穆嫣然看了看时间，道："你说了这么久，我们却还不知道你究竟是如何得到这个身体，以及你为什么要在震国杀人。"

女猎手说道："就要有一个答案了。

"那女子来找钟表匠时，半边身子已动不了了，几乎是爬进屋门的。原本她的神色并不见卑微可怜，然而我才扶她坐下，她就对着钟表匠哭起来。她说她放弃一切，来巽国寻找那个男人。可他为了读脑，就要离开病中的她，全不在意会忘记她。

"后来我与她融合，才知道，那个抛弃她的男人，就是城主让我去找的人。"

林衍霍地站起来："所以——这是情杀？你与那女子彼此融合，她也就成了你，然后你去了震国，为她复仇？"

女猎手看他许久，摇头苦笑："你是这么想的？"

林衍咬牙切齿，恨恨道："还能有什么缘故！两个人无法在一起生活，总有许多原因。只有女人，会为了分手这样的事情，自己寻死觅活不算，还要害人性命！"

女猎手沉默地盯着他，仿佛在看一个怪物。倒是穆嫣然伸手拽了林衍一把："什么叫'只有女人'？你这是连我也骂进去了啊。"说着她竟亲自为林衍添了一杯茶，起身递给他道："我猜那死者必定是你熟识的人，才能让你这样难过。但现在还是不要感情用事，她既然都说这么多了，就让她说完吧。"

林衍喝了茶，气鼓鼓坐下。穆嫣然轻轻按了下他的手臂，算是安抚，又立在侧旁。铜鸟抖抖翅膀，飞落在她肩头。它因一只脚要抓着宝石，只得单脚站着。半晌，女猎手才叹道："我到今日，才真正理解她当日的话。"

穆嫣然抬眼，问道："什么话？"

女猎手道："那女子对钟表匠拉拉杂杂说了许多，哭了又停，停了又哭，然而除了开头那句，也听不出什么重点。终于她收了眼泪，说，爱情会让人失去理智，从这一日起，她要抛弃所有的情感，再也不要为人心动。"

"然后她指着我，说她要变成我，变成机械，真正的机械。"

穆嫣然唏嘘道："虽然可怜，倒也是个法子。所以你们就各取所需，变成了这副模样？"

女猎手道："那钟表匠说，让机械人变成人的法子他有，但让机械和生物互换身体，他从没有成功过。他说着给我们看他的另一台座钟，里面的鸟只余骨架，便是他先前失败的尝试了。他说只能试试让我们合二为一，也顺带算是为女子治病。这时，又有人送了个垂死的病人来，说听闻钟表匠这有存储脑的法门，能让人的头颅活下去。钟表匠便把我们几人叫到一起，告诉我们他的计划。

"他先对那女子说，你不想要的，无非是爱和恨。恨这东西肮脏，不值得留存，但爱终究是可贵的，他想要把这份爱存在病人的脑里面。

"然后钟表匠又问那垂死的病人，是否愿意在脑中多存一份爱？

"病人已说不出话来，只点了点头。于是钟表匠又继续问那女子，没有了爱与恨，人与机械也就差不多了——你还要变成机械吗？

"那女子毫不犹豫，说了声是。她说自己曾拥有世间一切，却仍觉得索然无味。她赌上一切，来追寻不一样的生活，可经历的这些美好与痛苦，如今看来也不过尔尔。现在，她想要成为世界的旁观者，不愿再参与其中。"

"这话我还是头一次听见。此人颇有气魄，确实与常人不同。"穆嫣然颔首道，又看向林衍，"你看，她抛弃了恨，所以不是情杀。"

林衍道："她是在说谎。"

穆嫣然笑了笑，又对女猎手道："你不要理会这小肚鸡肠的男人。如今看来，这钟表匠是成功了？"

女猎手道："自然是成功了。只是他取脑之时，为了丢弃爱恨，扰乱了那女子的记忆，所以在我心里，总会觉得自己是机械人。"

穆嫣然垂眸道："爱恨没有了，自我也就消亡了。可惜。"

女猎手反驳道："消亡？不，这恰恰是我想要塑造的自我，完美的自我。我醒来，看着镜中的自己，觉得满意极了，便去向钟表匠道谢。他正在把那颗融合了爱恋的头颅放进匣子里。随后提笔蘸了金色的墨汁，在匣子上画了个圈。"

穆嫣然挑起眉梢，"金圈——是'籽料'？"

女猎手慢慢说道："是连着头存起来的，确实是'籽料'。"

穆嫣然没有再问，心中却隐隐觉得有些不安，仿佛自己错过了什么重要的信息。那边林衍又坐不住了，道："你到底还是没有说，你为什么要杀他！"

铜鸟飞跳到穆嫣然的手肘上。她便顺势抬起手，对着窗口的光看那颗红宝石，见其大如黄豆，色泽更是浓如鸽血，便一面猜度这价值高昂的定金是何人所付，一面又想到震国死者的身份。林衍急切的神情让她明白，自己是这屋中唯一的一个不知情者，真相早晚要浮出水面。她便也不再多说，只略带嗔怒道："你就不能好好听着？"

林衍不语。女猎手终于继续道："虽说晚了两年，我也变了模样，但我还是完成了城主交给我的任务。所以钟表匠确定我的身体无碍后，我就回城复命。然而等我到了城中，却发现一件非常奇怪的事情——城中无主。"

穆嫣然怔住："你说什么？"

女猎手对上她的视线，一字一顿重复道："城中无主。"

穆嫣然沉下脸道："这不可能！这是什么时候的事情？"

女猎手却不答她的疑问："我也觉得不应当。于是，我便又来这茶馆里，问老掌柜，城里发生了什么。

"掌柜告诉我，城主离开已有一段时日。近来城外诸国时空接连逆转，有人说这是末世将至的征兆。我告诉他说，只要城还稳定，就不会有大乱。

"然而掌柜说，城中无主的消息恐怕已经泄露到城外了。他听闻震国有人打通了各处关节，要将读脑的器物偷偷送入城中，倘若城中时空逆转，这天下最后的秩序也会消亡。他希望我能够去震国猎杀此人。

"我告诉他说，没有城主的命令，我不能出城做这样的事情。

"他听了这话，很奇怪地看着我，仿佛这时他才认出我是谁。最后他说，你不再是机械人了，你是你自己的主人。你可以做你觉得正确的事情。"

穆嫣然沉声道："可那个人——为什么非要在城中读脑？"

女猎手答道："掌柜说，此人曾来过他的茶馆，坚称天下早已失去正道，须得涅槃重生，才能终结乱世，回归正途。"

穆嫣然怒道："一派胡言！"

女猎手又道："掌柜也是这么说的，他还说此人是个老赌徒，应当是寻常赌脑已无法让他满足，才会妄想要进城参悟，并不是为了终结乱世。"

穆嫣然骂道："自私！无耻！"

林衍道："就算她说的是真的，那个人也没有犯罪。自私并不是罪，杀人才是罪！"

女猎手道："他打算要做的事情威胁到城的安危，我必须阻止他。"

穆嫣然叹道："的确。若是我在城中，应当会让你去杀他的。"

林衍霍然起身，道："你也听信她的话？这些都是推测，是诛心之论——你们有什么证据！"

女猎手淡淡道："我去问他了。"

林衍疑道："什么？"

女猎手道："我去震国原本并不是要杀他，而是要劝他。我知道他在震国会住在哪里。毕竟我还有这女人的半个身体，和他们之间的一些记忆。

"我在离城不远的地方见到他。他不认识我了。我说自己是城中卫士，他就问我是否能偷偷帮他打开城东通向震国的雷门。

"我问他，你为什么不光明正大地进城？他说，他有一样禁忌之物，非要送入城中不可，又许诺给我许多钱财。我假意应下，随即回城去找寻当年城主抓捕'头颅猎手'时收缴的凶器。之后，就是震国市集上，你所看到的那一幕。"

她说完，窗外的风忽然猛烈起来，吹得花枝刮在窗棂上，敲出"笃笃"的声响。半晌，穆嫣然终于说道："故事编得不错，但你还是要死。"

女猎手惨然一笑："我说过，你不会信。"

穆嫣然道："我自然不会信。林公子和你从震国先后进城，不过是这一两天的事。所以你方才所谓的城中无主，也就是前几日，可那时我就在城里——你怎么说？"

女猎手怔了怔，竟被问得哑口无言。"你不要以为扯上庄家，我就没办法印证此事。他这段时间闭门谢客，专为等这两颗头。"穆嫣然又道，指了指台子上的"山料"和"籽料"，再看向女猎手时，语气愈发冰冷起来，"再说，怎么会有人在我不知道的情况下，进城来到这间茶馆呢？"

女猎手问道："你是'完人'？你记得过往的一切？"

穆嫣然道："当然！我可是城主。"

女猎手却像是入了魔，喃喃念道："'完人'，'完人'……"她半边面孔发红，另半边的铁皮之中，却隐隐透出机械内核飞速计算时，才会发出的"呜呜"声响，自言自语道："我没有说谎——若你说的也是真的，那么……"

正当此时，门又嘎吱吱打开了，来人是掌柜。几人都转脸去看他，却见他拎了个红木匣子，垂头丧气，一步一颤走了进来，又抖着胳膊把那匣子放在中间的台子上。穆嫣然展颜道："庄家果然利索。"

掌柜畏惧地看了一眼林衍，问穆嫣然："小娘子真要看吗？"

穆嫣然道："当然。"

掌柜无奈地塌下肩膀，伸手在那匣子顶上轻轻一拍，内里头颅真容终于露出来。穆嫣然俯身去看时，恰恰对上死者圆瞪的双眼，不由得倒抽一口凉气。那五官眉目，分明就是——

林衍。

年岁甚至看着都相当。那头颅的面容因过于苍白，又有些浮肿，所以分辨不出到底与身边这人相差几岁。穆嫣然看看那头颅，又看看林衍，问："你……有双胞胎兄弟？"

林衍只看了一眼，心里便难受至极，扭过脸去，道："据我所知，是没有的。"

穆嫣然道："所以此人——就是你？"

林衍道："或许是几日后的我，也或许是三五年后的我。"

穆嫣然不明所以，道："这怎么可能？"

林衍不语。掌柜叹道："城外诸国时空逆转之后，人确有可能在同一个空间中遇见另一个时刻的自己。此事并不常见，小娘子久在城中，难怪不知道。"

"如此……"穆嫣然道，又看向林衍，"你是因为亲眼看见自己被害，才一路追进城来？"

林衍咬牙道："正是，我必须要查清楚此事！"

穆嫣然看他的目光里不禁多了三分怜悯，道："你放心，我定会给你个公道。"

她话音才落，西洋钟就敲了一点。鸟骨架探出来，发出轻柔的"布谷"低鸣。穆嫣然手臂上的铜鸟像是被这声音吓了一跳，展翅飞起，不想脚下一松，那红宝石骨碌碌掉在地上，正停在林衍身旁。铜鸟见状，扭身急转，直冲而下，谁知飞得太快，不及缓缓停下，竟一头撞在地上——碎了！一时间，铜皮铁板，齿轮指针，稀里哗啦散落一地。全分不清哪里是头，哪里是腹，唯剩一只脚爪还算完整，在地上抓挠抽搐几下，终于捏住宝石，不再挣扎，算是吐出最后一口气。

掌柜眼睛一亮，忙走过去，要拾那鸟爪和宝石，忽听门外有人叫："庄家，我的定金，可送到了吗？"

【第三幕　水坎】

Allegro con brio

（活泼的快板）

浓雾弥漫。

门敞开时，细白的雾气如同水流般氤氲满了地面，另一边的窗子外面，却是明朗的湛蓝天空。来人缓步入内时，看着倒像是脚踏白云，面带金光了，然而仍难掩其褴褛的衣衫，塌弓的腰背。林衍扭头去看，竟认出是早前送他来此地的车夫！掌柜先去作揖，道："您怎么来早了？"另一边女猎手则脱口叫道："钟表匠？"

车夫全没注意到女猎手是在叫自己，笑得几乎看不见眼睛，给掌柜回了礼，又去给林衍请安："哟，是先生您！您万福！今儿可多亏了您！您晌午那两块银圆，刚好凑够了这宝石的钱。我急急跑去买，车偏又陷在雪地里了，只能让鸟先送来定金，生怕晚了。"他又四下看看："哎，我的鸟呢？"

掌柜举起那抓着宝石的鸟爪，道："鸟跌在地上，碎了。"

"我可就这么一只了啊……"车夫撇下嘴角，当场便落下泪来，说着用破烂的袖子去拭泪，"这鸟的命，同我一样苦啊！"

穆嫣然全不明白这人唱的是哪一出，才有些不快，便见他揩净泪水，又变脸似的挂上笑容，躬身问掌柜道："如何，那'山料'可有人出价比我高？"

掌柜不答，冲着穆嫣然的方向努了努嘴。"呀，您也在。"车夫这才瞧见她，先一怔，又垂下头，"敢问小姐……中意哪一个脑？"

穆嫣然道："我不会同你争'山料'。"

车夫长舒一口气，道："可不是，山料哪入得了您的法眼！"说着喜滋滋走过去，绕着那颗水晶头颅左看右看。掌柜见状，对林衍道："先生可还要出更高的价吗？"

林衍本就不是为这事来的，如今自己的头摆在台子上，连多看一眼、多说一句都不愿意，只摆了摆手。掌柜便高声道："那这交易就成了！"把鸟爪和宝石往口袋里一揣，又对车夫道，"我帮您包起来？"

"嗯，包起来。"车夫道，又对掌柜拱手，"多谢庄家。"

掌柜便把那匣子的四壁竖起，按下盖子。诸人只听"咔嗒"一声轻响，正是先前那机关又合上了，真真的严丝合缝。掌柜又利索地在匣子外面包了一层黑绸，用布料端头在顶上系个把手。这才把木匣从台子上拿下来，捧到车夫手边。车夫笑着接过去，正要道谢，忽听女猎手问他："你怎么会来赌脑？"

车夫像是才注意到她。他抬起头，眼珠子却极快地在台子和几人脸上都扫了一圈，笑答："哎呀，我现在是穷，但该花的钱也不会含糊。"

女猎手正色道："我是问，你自己有储存头颅的冰库，为什么还需要来城里赌脑？"

车夫含糊道："早就没了啊……"

"你还指望这车夫给你圆谎？"林衍冷哼一声，对女猎手道，又对穆嫣然道，"穆姑娘，你先前既说过，头颅猎手是死罪，那便希望你能够言出必行。"

"先生这又是何必呢！"掌柜忙劝道，又对穆嫣然道，"小娘子还是不要妄言生杀，对自己的福气不好。"

穆嫣然迟疑道："她说了谎，我们总要问出真话来，再处置也不迟。"

掌柜忙道："这才是正理！"

林衍拍案道："她怎么会认罪？"

穆嫣然柔声道："我还以为，你会想知道真正的缘由。"

林衍道："真相就是，我们不能让这样的人继续活下去害人！"

掌柜终于也沉下脸，道："你以为逼死她，你就安全了？你是低看了命运，还是高看了你自己？"

林衍肃然道："我只是希望城主能匡扶正义！"

几人你来我往，声调越来越高。女猎手却仿佛事不关己，只静静看着车夫。车夫被她盯得浑身不自在，终于把木匣放在身侧的凳子上，上前问道："几位稍静静，稍静静。这女人我认识的。不知究竟是什么事情，让您几位如此忧心？"

诸人都停了话头，扭头看向他。穆嫣然问："你认识？你怎么认识她的？"

车夫哈着腰说道："我早前在巽国，是个钟表匠人。这女子还是机械人的时候，就在我那里帮忙。我们是有些交情的。这人脾气硬，但确实不大说谎。倘若她有什么不是，哎，我替她跟诸位赔罪。"

说着，他凑到每个人面前拱手作揖。林衍避开一步，根本不受他的礼。穆嫣然道："你是说——她没有说谎？"

车夫道："您这话问的，我哪知道她说了什么呀。"

穆嫣然道："她确实说了一些在巽国的事情。"

车夫笑道："您看这样行不行，要是她刚才的话里提过我，那您来问我，我答。您再看对得上对不上。"

穆嫣然想了想，颔首道："也是个法子。"

林衍冷笑道："这种漏洞百出的故事，你们还要再听一遍吗？"

穆嫣然横了林衍一眼，示意他不要再说浑话。林衍只得把自己一肚子火气都吞回到肚子里。穆嫣然坐下，轻轻抿了口茶，便问车夫："你原先是个钟表匠？"

车夫道："是学过点手艺。这屋里的钟，还有之前那鸟，会飞的那个——都是我做的。"

掌柜在一旁道:"确实是,我们很久以前就认识了。"

穆嫣然道:"你手艺很不错啊。怎么又做起车夫了?"

"好赌啊,都赌没了。庄家这屋子里好多摆设,还有他的冷库,以前都是我的。您看这儿——"车夫懊恼道,他走了几步,去指籽料上面的金圈和字,"您信吗?这字还是我写的呢!"他又叹了口气:"人可真不能赌啊。"

穆嫣然道:"你说她是机械人,那她身上另外半个女人是怎么回事?"

车夫看看穆嫣然,踌躇道:"哎哟,这说来话就长了。"

穆嫣然冷冷道:"你要想让她活命,就说。"

车夫道:"是是是。她身上这姑娘吧,我也认识有些时日了,早年算是个富足人家的孩子。您也知道,这种孩子不愁吃不愁穿的,就是爱幻想。她总觉得吧,这世间还有一些天上飘的大道理,人只要活着呢,就非得要搞清楚不可。您说这是不是挺可笑?"

车夫顿了顿,见没有人接他的话,便尴尬地挠了挠头,继续说道:"不瞒您说,我巽国那钟表铺子,早年其实也是个读脑的去处。我第一次见着这姑娘,是她拎了个头找到我,说她要读这脑。"

穆嫣然有些疑惑,问道:"这是什么时候的事情?"

车夫道:"可早了……大概是在我认识这机械人之前。她没跟您说?"

穆嫣然道:"没有。你接着说吧,你可帮她读脑了?"

车夫道:"我当时很犹豫,先劝她回家去,别让家人担心。她不听啊,特别执着,在我那等了三天,一天加一倍的价钱。我也是没办法了,就只好应下来了——"说着把两手一合,脸上露出十分无奈的模样。一旁掌柜摇头道:"你居然是为了钱做这件事,造孽啊!"

"所以我不是遭报应了嘛,现在穷得裤子都买不起……"车夫哭丧着脸,他见穆嫣然仿佛有些不耐烦自己的抱怨,忙咳嗽一声,继续说道,

"其实吧，我也不大清楚那脑子里有什么，可那姑娘读了那个脑之后，就跟中了邪似的，非要去找一个男的，给他做夫人。"他说着指了指林衍："哎哟，真巧——就是您。"

林衍原本背过身去，站在屋子一角。这一下，他却成了诸人的焦点，不得不回过头，开口道："我之前认识你？"

车夫笑道："可不是，咱们可打过不止一回交道了。您不记得了？"

林衍干巴巴回答道："不记得。"

"忘了也好，忘了也好。不过这么说来，我对您的了解，指不定比您对自己的了解还深哪！"车夫叹了口气，他似是有些累了，先对穆嫣然笑了笑，才欠身坐在身边的长凳上，继续对林衍说道，"只不过，您和夫人之间的事，我并没有没亲眼见过。"

林衍道："都未必有你说的这件事！"

车夫道："有是一定有的……毕竟你们后来，又分头来找过我。"

穆嫣然闻言，略略有些好奇："他们分头来找你？这是怎么回事？"

车夫道："这事还得从头说起。当初那姑娘离开我那，去找林先生之后不久，这机械卫士就来找我了。我一看，嘿，好家伙，难得见着一个有灵性的机械人，就连哄带骗，把她留下来了。我想要研究她，却研究不大明白。听说治世那些关于机械的秘术，都不会写在纸上，反而是记录在云上的——那我哪儿找去！如此胡乱混了两年，我越是整天看她，越觉得自己无能，正想寻个把柄把她支走，偏巧这个时候，林先生您来找我了。"

穆嫣然对林衍笑道："如何，对上先前那段了吧？可见她还是说了些真话的。"

林衍道："若是他们先串过词呢？不然——为什么这两个人都是今天来？"

车夫道："您这话问的！当然是因为今儿庄家开赌脑局啊，否则您怎么也在？"

林衍一时语塞。穆嫣然觉得他这生闷气的模样颇有趣，忍着笑对车夫道："你继续说。他来是做什么的？"

　　车夫道："林先生带了颗头来，可是我看都不想看。来找我读脑的，有两种人。一种是知道自己要什么的，比如早前那姑娘，她真有这个心，要变！谁都能从她身上看出那股子劲来！另一种，就是像林先生您当时那样，想要逃避现实的，浑身上下散发着绝望的失败者气息——哎呀，您可别生气啊，我不是说现在的您。

　　"您那天跟我絮絮叨叨说了好多，什么生活多艰苦，什么夫人病倒了，什么自己撑了大半年，再也撑不下去了。那我又能做什么？我自己不也挣扎着活在这乱世里头么。您说您爱她，忘不了她，想融合一个头，让时间倒流，一切重新来过，您一定好好保护她。这不瞎扯嘛！且不说您能不能参悟，就算时间逆转，您那时候也未必能记得这些事，该来的灾啊，病啊，早晚还是会来的嘛。所以这么坏的事情我怎么能做呢！我就把您劝走了。结果第二天，您那夫人就又来找我了。我才知道，就是先前找我读脑的那个姑娘。"

　　穆嫣然不由得看了看女猎手，叹道："真是她啊。"

　　"可不是嘛。要说这命运真是不公平，那么水灵的姑娘，两年的工夫，回来半边身子都瘫了。这病的缘由我不清楚，然而说到底，她当初会跟了您，也应当是因为在我这里读了那颗头，事情算是因我而起。所以我当时就想，要帮她！可我只会修机器，不会治人的病啊。就想了一个法子，把她和那个机械人拼凑在一起。"车夫也低叹道，说着又指了指女猎手，"我本领有限，算不上太成功，就是这个样子了。"

　　掌柜道："这世上也找不到比您本领更大的了。"

　　"您太抬举我了。"车夫忙摆手道，又转向林衍，"那姑娘身体既然好转，我也就没留她。谁知道，她这边走了，林先生您又回来找我，说是夫人不见了。我想人家模样也变了，又把您忘了，我也别多嘴了吧。于是，我就遂了您心愿，让您读了您带来的脑。如此，这些前尘旧事，也就都了无痕迹了。"

大约是人多的关系，屋里竟有些气闷。掌柜去开了一扇窗，舒爽而温柔的风卷进屋里，空气忽然变得清凉，让人的身心也松快起来。唯独林衍依旧阴沉着脸。穆嫣然看向他："怎么，这人的话里还有什么疏漏？"

林衍震惊地对上她的视线："你听不出来？"

穆嫣然道："有一两处，还是你先说。"

林衍大步走到车夫面前，倒吓了他一跳，慌慌张张伸手抱住装"山料"的匣子，撇着嘴道："我哪儿说得不对，您说就是了，别、别动手啊。"

林衍哪管他演成什么可怜样，说道："你说的我都不信。我只问你一样，你为什么能讲出这些故事来？"

车夫眨眨眼："啊？"

林衍道："你刚刚说的故事里头，有两人先后在你的住处读脑。而人融合了脑，就会参悟。参悟之时，所在之国时空逆转，人人忘却过往。所以，你为什么能够记得所有的事情？"

穆嫣然笑道："我正想问这一条。"

车夫闻言，反倒收起畏缩的神气。松开手，把木匣放在一旁，又缓缓起身，对林衍道："先生的问题很好回答，我以为赌脑之前，庄家会同您说的。"

穆嫣然问掌柜："哦？庄家说过吗？"

掌柜忙道："是我没同您二位说明白。我先前说，人融合脑之后，倘若有所参悟，时空就会逆转——可并不是所有人，读了脑都会参悟啊！不然还有什么好赌的呢？这乱世里每天都会死许多人，只要是个头，拿回家去就行了！"

车夫道："正是如此。这对夫妻虽分别读了脑，然而都没有参悟，只是各自多了些记忆，又丢了些记忆。再则小姐身为城主，也应当知道，近几年巽国的时空风平浪静，没有什么动荡发生。"

"确实。"穆嫣然道，又问林衍，"你还有什么问题？"

林衍道："好。如果我和那个姑娘没有参悟，那么你，一个老赌徒，怎么也没有参悟？你从前在巽国坐拥头颅冷库，如今却进城拉车，能输成这样子，恐怕也赌过好几次脑了。你方才说读了这些脑的人不一定参悟，但一定会改变记忆。所以你说的话，又有几分可信？"

穆嫣然颔首："这一条更有道理。"

车夫看看林衍，一时竟撑不住面上的一团和气，垮下脸，飞快地说道："没错，我是个老赌徒！可我赌来的脑，不是给自己用的——还有给你的呢！"

"给我？"林衍瞠目道，想了想，又问，"你是说巽国的那一个头？是你——塞给我一个头，让我忘记我的妻子？"

车夫被他这问话气得直跳脚，喝道："当然不是！我怎么会给你那个头——是在坎国！你在那里问我要的头！"

穆嫣然也被车夫绕晕了，问道："林公子几时又去坎国了？你为什么会把赌来的脑送给他？"

车夫却不答。他背着手、弓着腰走到门口，又绕回来，骂骂咧咧道："我输光半生心血，就是为了给你找头，到头来得了这么句话！我图什么啊！"他一口把杯中茶水牛饮而尽，坐下喘息几声，忽然那卑微的笑又挂到脸上来了。他先哈着腰对林衍拱了拱手，道："得罪了，得罪了，我有些癔症，许久没发作，不是冲着您来的。"他又对穆嫣然道："方才可吓到小姐了？"

穆嫣然淡然道："无妨。"

车夫从怀中掏出一条破手帕，擦了擦头上的汗，又道："咱们说到哪儿了？"

穆嫣然道："坎国。"

"对，就是坎国。这地方小姐您大概没去过，在城北边的湖里，人都住在船上。无根无基，漂浮不定……"车夫缓缓道，他说着，又转向林衍，"有人从坎国辗转到巽国，给了我一笔钱财，说他家主人请我去那边。我也没想到会是林先生您。"

　　穆嫣然笑道："又是他？"

　　"可不是吗？"车夫道，又对林衍说，"您在坎国住的那艘船，简直同城主的宅子一样气派。甲板之上是亭台楼阁，还填了土做园子。我去的时候，红杏开了满园，透过厅堂的窗户看出去，就跟飘在火烧云里似的。您说，您在坎国成就了一番事业，却忘记了自己是谁，只记得当初读了脑，在我那小屋子里醒来，看见满屋的金属零件。又说，您因为不知道过去，所以看不到未来，眼前有再多的东西，都唯恐会转瞬即逝，变为过眼云烟。这样的无明之苦，真是太可怕了。您试着用无尽的贪婪，来填补心中的无底的痛苦，却始终觉得自己还是缺了点什么，想要补回来。

　　"您问我，有没有什么办法，能找回您的过去。您不在乎钱，只想找回内心的安宁。

　　"偏巧我知道有个头，能治您这心病。我回城之后，才听闻那头在庄家这里，就来同他讨。谁知这老鬼一听说是要给您的，就开出天价来。我最后那点家底，就是为着您这'内心的安宁'，才败光的。"他说着又摇了摇头，垂首坐在那"山料"侧旁，肩膀佝偻着，显得更疲惫了，"您要还觉得我在说谎，我也没办法证明自己。您乐意怎么想，就怎么想吧。"

　　穆嫣然不等林衍开口，先道："这次不用林公子问，我也有不明白的地方。"

　　车夫道："小姐请讲。"

　　穆嫣然道："他既然在坎国那么富有，为何这赌脑的钱，又要你来出呢？"

　　车夫对她的疑问却十分有耐心，仔细回答道："我原先以为那头早已遗失，所以并没有立刻答应林先生的请求，自然也就没有问他要定金。后来我进到城里，才从庄家这边得到消息。等我想再返回坎国时，又到了旱季，许多水面干涸，航路都断了。我想着庄家开赌局的日子就在眼前，再去找他定要误事，才不得不变卖家产。谁知还是不够，最后短的那一点，就只好进城来做车夫了。"

"所以，"穆嫣然双目炯炯，"你今日买的这'山料'，是要拿去给坎国的那一个'林衍'？"

车夫闻言，下意识地把一只手放在木匣上，嗫嚅道："这……这可未必。"

林衍道："倘若坎国的事情是真的，我还真是要多谢你！可你上午遇见我的时候，为什么只是把我送到茶馆，没告诉我这些事？"

"您早上显然不认识我啊！您如果都不记得，我同您说又有什么用呢？"车夫答道，说着，接过掌柜递来的茶杯，喝了口水润喉咙，忽然又放下杯子，盯着林衍道："照这么说，我到现在还不清楚——您究竟是我认识的哪一个林衍？您是从巽国来，还是从坎国来？"

林衍没料到他会这么问，怔了怔才答："我从震国来。"

车夫"咦"了一声，自语道："这就怪了……你为什么会去震国？"

穆嫣然对林衍道："正是。今日可是从审你开的头，几件事也都同你有关。你不如说说看，为何会到震国去吧。"

矛头一下子转到林衍身上。他无奈地摇了摇头，又对穆嫣然道："姑娘还疑心我？"

穆嫣然浅笑道："我方才说了，我年轻，却不糊涂。你总要说出来，我才好裁决。"

林衍道："好，那我也不瞒诸位。我恐怕确实是读过脑的，我醒来的时候，就是在震国。直到现在，我都对自己的过往一无所知。"

车夫问："之前的事情都不记得了？"

林衍道：“不记得。”

车夫道：“那只能说是震国有人参悟，致使时空逆转。至于这读脑的人，却不一定是你。”

林衍恍然道：“你这么一说……也的确有这个可能。彼时我醒来之后，发觉自己在闹市中的一家旅店里。我走出房门，在过道里遇见一个店员，我与他对视良久。后来他看了看自己手中的扫帚，便继续去打扫了。我又走到街市上，见很多人正从家中出来，虽然都是一副不明所以的模样，然而不多时就回去了，并不混乱。”

穆嫣然问：“为何会这样？如果人人都不记得自己是谁，那不该天下大乱了吗？”

车夫在一旁解释道：“会小乱，不会大乱。世事变化之时，总有些人反应更快一些，从而占到别人的便宜。然而即便记忆消失，每个人自己的格局并不会变，懦弱的依旧懦弱，懒惰的依旧懒惰。大多数人一旦找到自己的位置，就会安稳地留在那个壳子里，不愿意再离开了。”

“你这么说，这乱世倒更像是她所说的那样——”穆嫣然道，说着指了指女猎手，“被扰乱的是记忆，而不是时空了。”

掌柜闻言，笑道：“这记忆之说只是一家之言。我认识几位高人，都猜度这世间的时空也乱了。毕竟，倘若时间还如治世那般永远向前，那么人就不可能会遇见自己。”

穆嫣然“咦”了一声，想了想，又看向林衍，道：“对啊，你是怎么遇到自己的？”

“我醒来没多久，他——就来找我了。”林衍嘴角略微抽动了下，又背过身去，不肯看那台子上的头，许久才继续说道，“我初见此人，自然极为惊诧。他说自己名叫林衍，并说他就是几年后的我，因为他耳后多了一道读脑留下的疤痕。”

掌柜忙绕到那头侧旁去看，又对穆嫣然点了点头。林衍继续说道：

"他说他从坎国来到震国，是为了参悟。他融合第一个头时，得到了许多无用的记忆，令他十分厌烦。然而当他读第二个头时，却感到心头有一种巨大的甜蜜，仿佛骤然理解了自己一生的使命。醒来之后，一切又恢复往常，唯一的区别是，他没有像震国其他的人那样忘却过去。"

车夫听完他这些话，说："这确确实实是参悟了，可见致使震国时空逆转的人，是这一个林衍。"

林衍忙问道："如果是参悟，为什么他会告诉我说，他在醒来之后，更清楚、更具体地感受到了痛苦？"

车夫道："时空逆转之后，世人往往会更深地陷入眼前的琐事之中，愈发没有胆量超脱自我。而参悟的人，却因曾经饱尝'得道'那一瞬间的甜美，反倒会对现实更为警惕，甚至觉得现实的世界并不真实。"

女猎手冷哼一声："所以他就妄想要进城参悟！"

林衍道："你又在胡诌！我从未听他说起过此事。"

女猎手道："是吗？那么你后来有没有帮他做事？"

林衍略略迟疑了一下，才道："此人……确实很富有。然而我帮他，并不是为了让他进城赌脑。"

女猎手道："你果然是同他一伙的！"

穆嫣然忙问："你为他做了什么？"

林衍踌躇道："他说，他有一批货物要送到城中，让我帮他打点从震国到雷门的各处关节……"

女猎手笑着对穆嫣然道："现在，城主还觉得我在说谎吗？"

林衍忙道："穆姑娘！那货物我见到了，绝不是她所说的那件事物。此人是商人，有货物要从震国送回坎国，经过城中也是寻常的事情。"

女猎手"嘎嘎"怪笑道："是吗？那么证据呢？货物在哪里？"

林衍道："我只负责打点送货的渠道，又不管他的货物，我怎么会知道在哪里？你先杀了人，又要来栽赃我？真是岂有此理！"

穆嫣然见这两人开始打起嘴皮子架来，忙道："先不谈这些。林公子，你继续说。"

林衍深深吸了一口气，才强忍怒火，说道："也没什么好说的了。我从雷门处回到震国市集，就见着他被人当街杀死。然后一路追着头的踪迹进了城，摸进这茶馆来，誓要为他讨个公道！"

他说完，诸人都许久没有开口。外面不知何时下起了淅淅沥沥的小雨，忽而随着微风飘洒到屋里。林衍的那颗"头"，因在台子上摆得靠近窗户，竟有半边脸被雨打湿了。掌柜发觉时，不由得打了个寒战，忙拖着步子去关上窗户。他再回过头时，发觉所有人都盯着穆嫣然，等她开口，却听女猎手又道："我、钟表匠，还有这姓林的，说的其实是同一个故事。城主可听明白了？"

此时穆嫣然端坐在屋子正中，余下几人分立在她的左右。这情形倒真像是一城之主要对案件做出裁决的样子了。穆嫣然十分镇定，不紧不慢道："你们之中，有人在说谎。"

林衍忙道："姑娘是明白人！这女人所说的'城中无主'，是在挑战你身为'完人'的威信啊！"

女猎手懒洋洋道："林先生要往城里运的东西，是不是为了读脑？"

车夫叹道："那死掉的林先生可是个老赌徒。人一旦开始赌，就很难停下来喽，而且通常，是会越赌越大的。"

掌柜道："话虽如此，这些日子，城主确实一直是在城里的……"

女猎手愕然看向他，"什么？'城中无主'这话可是你说的。"

掌柜忙摆手道："这句我真不记得。"

林衍哈哈一笑，道："说谎的人总会露马脚。"

穆嫣然起身道："够了！"几人又停下话头看向她。穆嫣然蹙着眉头道："我不管谁在说谎，你——"她凌厉的目光扫向女猎手："未得我命令，出城去杀人，这件事总是有的。"

女猎手挺直身子，略带轻蔑地看向她："这就是你的结论？"

"对。"穆嫣然毫不迟疑地说道，"所以你必须死。而你——"她又看向林衍："你今日必须出城，再也不许踏入城中一步！"

【第四幕　地坤】

Allegro

（快板）

大雪纷飞。

两点整的"布谷"声响起时，屋中只有林衍一人。掌柜和车夫都随穆嫣然出去观刑。先头茶馆大门敞开的一刻，外面围了至少三十个机械人。这等阵势，倒让林衍一点都不想跟去看了。他只觉得精疲力竭，内心又无比安定。他想，猎手已死，这下自己安全了。

趁着左右无人，他换上早前进来时的衣衫。果然如老掌柜所言，不过是一时一刻的晴朗，就足以让湿掉的衣衫干透了，只皮鞋还有些潮气，但也可以容忍。穆嫣然回来的时候，便见他一身笔挺的洋服，不由得眼前一亮，笑道："果然人靠衣装。这样一打扮，显得你沉稳了许多。"

林衍见她自刑场归来，却毫无惧色，忽而又忧心起来，勉强道："多谢。"

穆嫣然仿佛知道他在想什么，收了笑，肃然道："你不必担心城中法度，我既说了要那猎手死，她便一定会死。不过此人心性并不坏，我让庄家把她的脑存在水晶里，日后再寻有缘人送出去就是。"她见他不语，又歪过头微微一笑："难不成，你连我也信不过？"

林衍暗自松了一口气，忙道："怎么会！我只是在想，这一个'山料'又会为谁所得呢？"他见外面雪景极美，便去开窗。探进屋的杏花枝条上，竟有许多艳红的花蕾，上面凝了一层雪白的冰霜，毛茸茸的，煞是可爱。他便招呼穆嫣然："快来看！"

穆嫣然还裹着外袍，所以倒不惧寒冷。没想走过去时，她脚下一滑，险些摔了一跤！还好她手疾眼快，扶住了侧旁的凳子。林衍忙凑过来，一手握住少女柔软冰凉的手，另一只手则扶在她腰际。穆嫣然微微吃了一惊，仍笑道："地上居然结冰了……是方才飘进来的雨吧。"说着站直了身子。林衍忙又松开手，心却怦怦直跳，胡乱道："仿佛是层霜。"

两人各自站定，一时都没有开口。穆嫣然看向窗外，轻声道："我不许你再进城——你不会怨我吧。"

林衍道："我没能自证清白，所以你做出这个决定是正常的。我只是很伤感，恐怕今后再也无法见到你了。"

穆嫣然眨了眨眼睛："为什么——啊，你不能再进城来了。"

林衍沉声道："而你不能出城。"

穆嫣然黯然道："确实。我们再也见不了面了。"她顿了顿，又道："我好像都没有什么朋友。"

林衍问道："怎么会呢？"

穆嫣然道："同我一起长大的伙伴，都去别的国家了。就算偶尔回城里来，大多也把我忘记了。"

林衍唏嘘道："所谓聚散无常，在城外的我们其实体会更深。人与人之间，今日还是相熟的，明日或许就彼此忘却，渐行渐远了。姑娘起码还知道自己曾经有朋友，而我，只能看到现在你在我身边。"

风吹雪落。穆嫣然打了个寒战，便要去关窗。林衍忙跟过去，却见她驻足于窗口，向外望去。近处红杏似火，远处浓云翻滚如海。阳光被无边无际的云朵遮住了，偶有几束从缝隙中透下来，金丝般直坠到地面，像是天上的神明在借此洞察世间。正当此时，大地忽然震颤了一下。穆嫣然面色微变，向窗外探出手去，一只灰喜鹊"喳喳"叫着落在她肩头。它抖了抖翅膀，将口中衔着的一枚金丸放入她手中。穆嫣然两指轻轻一捏，那金丸登时化为粉末，随风飘散。

"是巽国。"

林衍一时没听懂她在说什么。穆嫣然回过身，又看着林衍，蹙眉道："巽国有人参悟——时空逆转了。"

林衍忙问："所以你要做什么？"

穆嫣然稍稍抬了下手，那喜鹊便又扑棱着翅膀飞走了。她说道："只是觉得有点巧。我们才在说巽国这些年都没什么风波，忽然就又变了。"她说着关上窗，回到房间中央，自顾自斟了茶，又捧了杯子，似是在暖手，一副若有所思的模样。林衍远远看着她，半晌，才低声问道："你就不想出城去看看吗？"

穆嫣然答道："想啊。方才我一面听你们说话，一面在想——坎国水上的人家是什么样，巽国大漠中的小屋是什么样，还有震国……"她止住林衍："你别说，让我来猜。震国的市集，一定很热闹，有很多很多人，对不对？"她说完又十分失望，低叹道："我真想去看看。"

林衍定定看着她，说道："如果这些地方你我能够同去，该有多好。"

穆嫣然摇头道："城主若不在城中，这里便会法度尽失，人人皆可在此作乱。"

林衍道："我知道。但你从此却失去自由——这样的代价，真的值得吗？"

"我不知道。"穆嫣然微微一怔，本能地答道，再细想时，竟愈发不甘心。那一点点不安分，仿佛燎原之火，从心底蹿到四肢百骸。她抿了口茶定定神，转而问道："所以你出城之后，会去哪里？"

林衍道："应当不会回震国——大约是巽国吧。"

穆嫣然忽而掩口笑道："去见你的妻子？"

林衍一怔："我的妻子？"

穆嫣然浅笑："巽国时空逆转，一切重新来过。你去了巽国，说不定就会遇见她呢。"

林衍断然回道："我不信那个故事。"

穆嫣然道："你一定信，不然你为何要去那儿？"

林衍想了想，才道："就算……就算那故事是真的，我现在也不记得这女子，不知她究竟是在未来还是过去。所以我去巽国，也不会是为了她——"他又略略放轻了声音："我只是想印证一下车夫的话。倘若能找到钟表匠的房子，我也算知道了自己是谁。"

穆嫣然闻言，却有些失望。她放下杯子，道："你还是只想着你自己。"

林衍忙道："我更想来城中找你。"

穆嫣然丝毫不为所动，淡淡道："这就不必了，你还是别再进城，我怕你要在城中参悟。"

林衍道："我不会那么做。我只是想时常见你。"

穆嫣然微微一哂，道："见了我又如何？"她看了看那西洋钟："不早了，你该走了。"

两人正说着，门又开了。外面雪早停了，独留下阴云密布。但天地间却是透亮的，一眼能望出去好远。掌柜裹着外面的寒气，拎了个黑绸裹着的匣子，拖着步子走进屋里。他看见穆嫣然，忙把匣子放下，点了点头算是行礼。穆嫣然问："事情都办好了？"

掌柜指了指那匣子，答道："就是这个'山料'。"

穆嫣然颔首道："很好。她后来可说什么了？"

掌柜看了看林衍，欲言又止。穆嫣然道："你说就是。"掌柜这才说道："她对我说，她去震国杀那人，着实不值得。如今城中也没有了公道，不如让一切涅槃重生。若有来生，她一定要进城参悟，颠倒乾坤。"

"痴心妄想。"穆嫣然嗤笑道，说罢又看了看林衍，复对掌柜道，

"林公子正要出城去呢。"

掌柜这才挤出一个笑来："今儿还没怎么招待先生呢……让您空手而归，真是对不住。"

不等林衍答，穆嫣然先道："怎么会空手？让他把他自己的头拿走。"说着，便指向台子上那颗被女猎手收来的头颅。另二人闻言，都愕然无语。穆嫣然见他们不答话，便又问掌柜："庄家是舍不得吗？这算是不义之财吧？"

"怎么会舍不得！本来就是林先生的头，理应让他带走——我这就去帮他包起来。"掌柜忙道，说完一通忙乱，从屋角翻出个匣子，把那头放入其中，再扣上机关，送到林衍面前。而林衍只要一见自己这颗头，便会方寸大乱，竟没有拒绝，迷迷糊糊接过去了，还道了声谢。"送林公子去——"掌柜一路将林衍引至门外，招呼车夫道，说着探头回来，看了看穆嫣然，见她比了个手势，才继续道，"去风门。"

这风门正是通向巽国的城门。车夫连声答应，把空鸟笼往车头上一挂，用袖子把椅面擦了擦，便请林衍上车。林衍把匣子往内里一放，松开手，才想起自己几乎挑明了问穆嫣然，她却毫无回应，简直无情之至。此时再往茶馆大门处看时，更连她人都没看到。再想到与她分别之时，连句"再会"也没有，一时又是失落，又是怨恨。天上的云渐渐散开了，又起了风，一时竟冷得刺骨了。车夫耐不住寒气，把手往袖子里一缩，再隔着袖口的布料握住车把，如此拉起车便走了。

掌柜见两人远去，才合上门。他回过身，一面搓手，一面对穆嫣然道："这屋里也这么冷！可别冻着了小娘子。"就要去生火。穆嫣然倒不大在意，道："冷不了多久的。"

果然屋顶上风扇渐渐转得慢了。不多时，阳光也从窗口洒进来，四下里很快便暖起来。穆嫣然不愿再久留，问掌柜道："别的买家都走了，你给这'籽料'开个价钱吧。"

掌柜挠了挠头，讪笑道："这城都是您的，您只管看着给吧。"

"我总不能比车夫给得少。"穆嫣然道，想了想，褪下手腕上的翡翠镯子，递给掌柜，"此物我向来不离身，今日便给你了，连着方才给林公子的那颗头一起算，也没亏待了你。"

掌柜定睛一看，见那镯子通体碧绿，水头极佳，显然价值不菲，一面喜笑颜开，一面摆手道："呀，这也太贵重了。我哪里敢收？"

穆嫣然只把镯子往桌上一放，道："你收着就是了。林公子不知道你这家店的门道，我还能不知道吗？每一颗头的来龙去脉，你心里都跟明镜似的，无非是不能告诉我们罢了。你今日给我的这个头，一定是千挑万选过才拿到我面前的，值这个价钱。"

掌柜闻言，却收起笑，不去拿那镯子，反而问道："脑子里的东西值多少钱，小娘子还得给我个评判的准则才是。不然我哪里敢收呢？"

"能让人参悟的，自然就是好了。"穆嫣然道，看了看他，又笑道，"我知道是要赌的。不然这样，若是我参悟了，这镯子就归你。若是没有，我再来问你要，换一样别的给你，如何？"

掌柜道："小娘子这是拿我取乐呢。您又不能出城，根本不会去读脑，这镯子不就归我了吗？"

"谁告诉你我不会去读？不然我今日又为何要来赌脑？"穆嫣然莞尔笑道，说着坐在长凳上，跷起脚道，"我说不出城，那是吓唬别人呢。我要出去，自然得是悄悄的，还能满世界宣扬吗？"

掌柜震惊道："您要出去——城中岂不是没了主人？这……这不全乱套了？"

穆嫣然道："早前的城主墨守成规，那是他们胆子小。方才你也听到了，这世界这么大，我为何要把自己困在这四方天里？再说，知晓世界的模样，不也应当是我身为城主的职责吗？不过是出去一趟，几日工夫罢了，能有什么事情？"

掌柜颤声道："当然可能会出事！只说那女猎手虽死了，但方才巽国时空逆转，却难说时间究竟退回哪一时刻。倘若倒退得不久，正是她还在巽国的时候……"

穆嫣然恍然道："就会有另一个女猎手——去震国追杀林衍？"

掌柜却没料到她往这里想了，怔了怔才道："确实。"

"这林衍方才还一脸得意，以为他改变了自己的命运呢。"穆嫣然起身道，走了两步，愈发不安，"不行，我得去警告他。"说完她就往门外走。

掌柜急急追过去，道："小娘子，我要说的不是这个……"

却见穆嫣然打开门，吩咐近处的一个机械人："你去巽国，找林衍，告诉他不要去震国。"

那机械人木愣愣地，仿佛没有听懂。穆嫣然极不耐烦，把手往它头上一敲："记住这人的样子了吗？若是没找到，就不要回城了！"

机械人微微一震，才答了声"是"。穆嫣然这边关上门，掌柜又跟着劝道："小娘子万万不能这样冒险啊。您记得那女猎手说过的话吗——城中无主！"

"我近来都在城中。这是她编的谎话。"穆嫣然道，她松了口气，又对掌柜道，"你放心，我会尽快回来的。"

掌柜道："您要是出城读了脑，指不定都会忘了自己是谁呢！哪里还能记得回来——咱们可不敢赌这么大啊！"

穆嫣然眼睛一亮，道："你说得对——这才是赌。钱财不是赌，命运才是赌。"她竟愈发兴奋起来，对掌柜道："庄家当初选赌脑这行当，也是觉出这里面的趣味吧？看着他人因你而变，世界因你而陷入轮回，这种主宰命运的感觉，又有几人能体会到呢？"

掌柜哭丧着脸道："我能改变什么啊！我什么都改变不了！"

穆嫣然道："你不必自谦，也不必再劝我。我既已下定决心，就一定会去。如今这城中一潭死水，城外颠三倒四，这乱世的模样也不能更坏了。倒不如赌上一切，看看是否能有所改变。若我能参悟，说不定就能找到法子，让这世界回归治世！"她说着，走到"籽料"面前，深深看着那颗头："而一切变革的源头，就是它了。"

掌柜道："您——真的要读这个脑？"

穆嫣然道："对。"

掌柜几乎语无伦次，道："可，可这个籽料，就是存了对林——"

他话未说完，门却嘎吱一声开了。车夫佝偻着肩膀，探进头来："呀，您二位还在呢！"

掌柜却像是一下子失去了勇气，颓然道："可不是嘛！您……把林先生送去风门了？"

车夫擦着汗走进屋内，道："送去了，眼见他出的城。没想到跑一大圈回来，你们还在这里。"

穆嫣然道："你腿脚确实快。林衍离开之前，可还说了什么？"

"没什么。"车夫看了看她，又笑道，"小姐十分关心此人，难不成是喜欢他？"

穆嫣然一怔，蹙眉道："怎么会？此人先亢后卑，满口仁义，却又贪婪无情，实在俗不可耐。只可惜了那张好面皮——城外的人都是他这样的？"

"不都是，但也确实不少。"车夫搓手道，看了一眼桌上的镯子，又道，"真不愧是咱们小姐，出手大方。"他对掌柜挤了挤眼："你这次可满意了吧？"

掌柜叹道："我宁可不要这镯子。"

车夫讶然道："当真？"

掌柜却不接他的话，问车夫道："您回来做什么？"

"我那'山料'还没拿呢。"车夫道，说着走到屋角，拎起那黑绸包着的匣子来。穆嫣然见了，便对掌柜道："把我那'籽料'也包起来吧，我这就要走了。"

掌柜听了她的吩咐，才极不情愿地走到那台子前面，慢吞吞地竖起匣子四壁。这边车夫又凑到穆嫣然身边，笑问："小姐是要收藏这头——"他看了看她的神色："还是要出城去读取脑中的信息呢？"

穆嫣然淡淡道："这与你有什么关系？"

车夫忙道："自然是无关。然而……"侧旁掌柜咳嗽了一声，车夫却像是没听到，继续说道："然而要说到读脑，我还是觉得最久远的那些技术更好。您知道吗？我巽国那屋子里藏了一本笔记，是早年人们还记得治世模样的时候，从云上读出来的。"

穆嫣然沉吟道："你是说，我要是想读脑，就应当去你的钟表铺子？"

车夫道："嗨，您不知道，外面有些人啊，说是有手艺，其实都是假的，骗人的！您要是把自己交给他们，那可就太危险了。"

"从那女猎手身上，确实能看出你有几分真本领。"穆嫣然颔首道，忽而又问，"你那笔记里，可说过云是什么样子的吗？"

车夫一拍大腿："哎哟，您可问到点儿上了！里面真写了！"

穆嫣然一下子有了兴致，问道："怎么说？"

车夫摇头晃脑地说道："这云吧，不可见也不可触，偏偏藏了世间的一切知识。"

穆嫣然愈发感兴趣："真的？怎么藏的？藏在哪里？"

车夫道："说原先有两个云。头一个在天上，早年人们给它起名字，管它叫'乾'，它是源于一种叫'互联网'的技术，人们通过机械，就能在互联网上面交流，也能从世界上任何一个地方，把自己的所思所想写到云里，让其他人去读。然而乱世之后，人们忘记了如何才能进入'乾'，故而只知道这世间曾有个互联网，却不知如何读取其中的信息。这第二个云，就更有意思了，叫作'坤'，它的源头，是'脑联网'……"

穆嫣然惊道："'脑联网'？我听人说过这个。"

车夫道："您见多识广，我就不卖弄了。"

穆嫣然忙道："你说你说，我想听！"

车夫便继续说道："这'脑联网'在地上，它把所有人的大脑相互连通，让人们不用语言就可以彼此沟通。'坤'储存了人们所有的记忆，甚至那些无法用语言表达的情感也在其中——他们消灭了无知，也消灭了孤独。人们进入这一个云之后，沟通理解再无障碍，这是真正的世界大同！"

穆嫣然点头道："这才是治世的气象。"

车夫却不认同她的话，说道："您这话就错了。引起乱世的，就是这脑联网。"

穆嫣然问："此话何解？"

车夫道："'坤'虽有种种好处，却让人们对自己真实世界里的身体，产生了严重的认知障碍。他们搞不清楚自己是谁，拒绝承认某一个身体是属于自己的，使得许多老人和穷人都饿死街头——"

穆嫣然问："这是为什么？"

车夫道："因为即便他们的肉体死去，精神却依然在'坤'中活着，甚至可以去争夺那些年轻的身体。然而'坤'再强大，也需要真实世界里的人类大脑，作为'脑联网'成长更新的基础，如果人再这样大批死去，整个世界就都要消亡。"

穆嫣然沉吟道："这些古人聪明到能建立'乾坤'——就没人想个法子来解决这些问题吗？"

车夫道："这问题出来的时候，人人都已是'脑联网'的一部分，早就难分彼此了。故而他们找到的解决之道，就是打断人们的记忆，让生活变成只有此刻的片段，不知过往，不辨未来，单单活在当下。"

穆嫣然怔怔重复道："当下？"

车夫道："正是。而一旦有人明白自己身处于'脑联网'之中，就会导致所有人的记忆被清空——"

穆嫣然眨眨眼，迷茫地看向他："你是说，所谓参悟——就是一个人看清楚'脑联网'的整体，明白自己是其中的一部分？"她走了两步，又道："而时空逆转——就是这脑联网为了生存下去，而对人类个体采取的制约手段？"

车夫比了个大拇指，道："您说的这两句，比那笔记上写的还要高明。"

另一边，掌柜终于把装着"籽料"的匣子扣上，对车夫没好气道："你同小娘子说这些玄之又玄的鬼话，是要哄骗她去你巽国那破屋子里读脑吗？"

"这是怎么说的！小姐就算去了，我也不在巽国啊。"车夫忙道，又指了指"山料"，"我是要去坎国！等那姓林的商人付了钱，我就能把自己的铺子赎回来喽。"

掌柜道："你何必舍近求远，巽国刚刚才时空逆转，你直接去，你的铺子就还在那里呢。"

车夫笑道："那只有一栋房子，哪容得下两个我？我不如在坎国拿了钱，去震国再开一家钟表铺吧。"

这边掌柜终于把"籽料"包好，又寻了一块黄绸，照着先前那样，在匣子外面裹了一层布。这才恭恭敬敬递给穆嫣然。穆嫣然接过去，险些没有拿稳，惊道："这么重！"

掌柜道："可不。这里面不只是一颗头——也是小娘子的未来啊。"

穆嫣然定了定神，握紧绸缎的端头说："未来不过是出城的一个方向罢了。我想明白了，不管这世界的真相是什么，我都要自己去看看。我的未来，我来选择，我也会对自己负责。"

掌柜叹了口气，从袖中掏出核桃，慢悠悠盘了起来。穆嫣然对二人略一施礼，说了声"告辞"，便拎着"籽料"走出屋去。只见门外晴空万里，竟连半片云都看不到了。"好兆头！"她微微一笑，自语道，又钻进一架机械轿子车里，携着众机械人浩浩汤汤走了。这一行人的履带铁足踏过之处，扬起些微的沙尘，就像是在天上拖了个模糊的影子。掌柜与车夫在门口远远看着，末了各自叹了一口气，又对视一眼。掌柜问车夫道："你为什么叹气？"

车夫弓着腰，就近捡了把椅子坐下，说道："你怎么能给她那颗头啊……"

掌柜把两个核桃捏在手心里："什么头？"

车夫摇头道："这'籽料'是我给你的，那匣子上的字还是我写的呢！——这里面，藏了她对林衍的爱恋！如果她不是去巽国读了这颗头，一切也未必会变成今天这样。你还说我为了钱作恶，你自己为了钱，又做了什么啊？"

掌柜警惕地看着他，低声问道："你什么时候知道的？"

车夫一怔，才复又笑道："我又不是瞎子，她现在的模样，同当年第一次来找我的时候一模一样，我自然是一进这屋子就知道了啊。"

掌柜还不肯认，撇嘴道："你知道什么？你什么都不知道。"

车夫看了他一眼："我不知道？这穆嫣然就是林衍在巽国的妻子——也就是女猎手身上那半个女人。她现在出城去巽国，不就是让一切回到原点了吗？"

掌柜没想他大咧咧说了出来，惊得眼睛都瞪圆了，先用食指压在嘴唇上，摆了个"嘘"的口型，又到门口去看了看。这才走了一圈转回来，他低声对车夫道："这话能说出来吗！"

车夫道："你办得出来，我怎么就说不出来？当初我帮她读脑的时候，可不知道这些前因后果——你就不能提醒她一下吗？"

掌柜继续开始盘那对核桃，悠悠道："我怎么告诉她？你我这一辈子兜兜转转，也是到今日，才算把这因果看明白了。我现在告诉她，她既听不懂，也不会信啊！"

车夫道："你看明白了？恐怕你才是什么都不知道。"

掌柜道："您是高人，我向来都只有听您说话的份儿。"

车夫转过脸："你要是讥讽我，我就不说了。"

掌柜一揖到地，正色道："我是正经跟您请教呢！"

车夫这才说道："方才我同穆小姐说了'脑联网'，时空向来是一体的，你就没再想想我们这座城吗？"

掌柜疑道："城？"

车夫道："东雨西雪，南夏北冬——世间哪里有这样的地方？这里是大千世界的剪影啊。"

掌柜微微一凛："你是说——这座城，其实就是——"

车夫却不再回答，拎了匣子，起身缓缓走向大门，背着身子道："你做了一辈子的庄家，还不明白吗？真正的参悟，根本就不需要赌脑。"

大门开关之间，掌柜被外面的炎炎烈日晃了一脸金光。待再暗下来时，他颇等了一会儿，才看清周遭的模样。如今这茶馆只余他一人，四下里空落落的，仿佛什么都没有发生过。西洋钟敲响了三点，鸟骨架探出来，白得瘆人。他忽然觉得有什么不对，走了几圈，视线终于落在地上的"山料"上。

——这是哪一个山料？

他把核桃放在桌子上，走过去把那黑绸拆开，里面锋骨毕露的"山料甲"字样，戳得他汗毛倒竖——车夫拿错了！他拿走的，是女猎手的头！那个在死前要"颠倒乾坤"的人！掌柜再急慌慌出门去看时，哪里还能见到车夫的影子？他清楚自己的腿脚，根本追不上车夫，便无奈地回到屋中。又忽然想到——

难不成，这颗头，车夫是拿要给坎国的林衍？

"颠倒乾坤，颠倒乾坤……"掌柜喃喃自语。所以没有人说谎——穆嫣然去巽国，读了藏有爱恋的"籽料"，嫁给了林衍。她病倒之后，被林衍抛弃，决心抛弃情感，与机械人融合，变成了女猎手。而她丢弃的爱，又被钟表匠存到了病人脑中，变成"籽料"。林衍得了机械人的警告，知道不能去震国，却与穆嫣然擦肩而过，在巽国的钟表匠那里读了自己的头。他忘记过往一切，去了坎国经商。商人林衍得了车夫拿来的"山料"，从坎国一路摸到震国，在新的钟表铺里读了"山料"中的记忆，却阴差阳错继承了女猎手的遗愿，要找机会去城中参悟，又在市集上被女猎手所杀！

真是因果循环，报应不爽——

外面忽而妖风四起，直吹得风扇"呜呜"哀鸣。天色骤暗，掌柜到窗边去看时，竟见太阳被个黑影遮住了，只留下一圈浅浅的金边。他活这一辈子，自以为在城中什么怪天气都见过，而这般奇景还是第一次见。"城中无主。"他低声道，这样的异象，定然是穆嫣然出城去了。她终究还是解开自己的桎梏，走出了这座围城。所以，如今只有一件事说不通了，这城里的时间，究竟是在何时乱了的？不然，女猎手早前为何能说出"城中无主"？

——谁，在城中参悟了？

背后，门忽然"嘎吱"一声开了。掌柜吓了一跳，转身去看，却是一个机械人。它说："先生好。"

掌柜道："什么事？"

机械人说话极为缓慢，仿佛每一个字眼都需要它用很久的时间来找寻。它说："先生，我想请教您一个问题。"

掌柜道："说吧。"

机械人道："我想知道，我与人类有什么区别？方才城主给我的记忆里，有一些情感，我无法理解。"

掌柜正心如乱麻，哪有心思回答他这问话，便道："我只懂人，不懂机械。"

机械人苦恼道："然而我想不通，先生得帮我。"

此物如此呆笨，掌柜实在不想同它周旋，忽而想起车夫来，便笑道："有个巽国的世外高人，或许能解开你的疑惑。"他又告诉它地址。机械人便道谢走了。

掌柜阖上门，收了笑。嘴角拎起一整日的皮肉，也终于如幕布般垂坠下来，堆在干瘦的两颊侧旁。窗外天色大亮。他怔怔坐下，再次陷入这一日层叠堆砌的话语迷宫中。当这故事再嵌套到世界的时空架构之中时，每一件事情都仿佛又有了新的含义。然而这些思虑对他这个年纪的人而言，实在太过沉重。不多时，他便昏沉起来，恍惚发觉房屋四壁往下坠落，屋顶掀开，风扇坠落，末了一切物质都沉入土中。地面变成一片冷光照射下的惨白，他知道自己梦到了茶馆地下的冷库。面前的架子排排展开，无边无际，里面是难以计数的头颅——

"脑联网"？

不，这不是"脑联网"，而是头颅冷库。年迈的冷库看门人用大半辈子的闲暇时光，读了每一颗头的生平，仿佛这些头是他真正的朋友。然后科学家要用这些头来实验脑联网，而他却在临死前决定加入实验，同他们一起踏入这片广阔无边的云。

他变身为这乱世中的道标，为每一个迷途的人指路。他看着他们来来回回，去而复返。一切在冥冥中皆有定数，尚未开始的，其实早已结束。

——却又未必。

照那车夫的话说，城外就是真实的世界，满是鲜活的人。每一个生灵加入"脑联网"，都会带来新的变数。他想起穆嫣然离开时坚定的目光，那里面饱含孩童的无知和勇敢，以及无限的可能。或许时间在循环，或许因果有关联。然而今日之果只对应今日之因，未来并非一成不变。

她踏出城门，会往何处去？

——那就是明天的故事了。

掌柜想到此处，释然一笑。他睁开眼睛，起身把水壶摆在炉子上，披了件马褂，缩到屋角，沉沉睡去。

东方乌云蔽日，应是雷震将至。

妞妞

宝树

一

　　游戏打完已经是一点多了，董方摘下 VR 头盔，才听到窗外惊雷炸响，
大雨瓢泼。董方想起一件事，冲进卧室，发现沈兰果然没有睡，而是捂着
耳朵蜷缩在被子里，泪水浸湿了半个枕头。董方知道她怕打雷，从小就怕，
不知道被这雷声折磨了多长时间。他心里最柔软的地方被揪了起来，立即
宣告投降，把她揽入怀中，说对不起，别怕别怕。沈兰哭着捶打着他，说
都怪你，恨死你了，却又投入他的怀抱，任他紧紧拥住。就是那一次，他
们有了妞妞。

　　晚上八点半，晚归的董方打开家门，看到妞妞正在沈兰的脚边玩耍，
见到他，她嘴角弯弯地笑了，有些笨拙地站起身，跌跌撞撞地向他走来，
口中含糊不清地喊着"bababa"，像是在叫爸爸，又像是自言自语。妞
妞走到他身前，伸手抓住他的衣角。董方知道她是要自己抱，放下公文
包，抱起她，把她举得高高的，妞妞露出两排刚长出来的牙齿，发出兴
奋的尖叫。

　　"小心点，"沈兰在一旁说，"不要摔了孩子！"董方答应了一声，
又听沈兰说："哎，你有没有发现？""发现什么？"董方问。"她会走
路了呀！昨天最多还走两三步呢，你看今天她走得多好！可以从房间一头
走到另外一头了。"沈兰说。

董方放下妞妞，她马上走了起来。她的确会走了，神气活现地给他们表演，不过她的膝盖还不能弯曲，只能摇摆着身子走，滑稽得像是一只企鹅。走不了几步就摔了一跤，不过下面是地垫，摔得不重，她随即爬起来，却改变了方向，开始绕着他们转圈。

沈兰笑得前仰后合，董方敷衍地笑了笑，笑容渐渐凝固在脸上，但沈兰并未察觉。"看这孩子多聪明！"沈兰捅了捅他，"过几天就能满房间跑了。"

"差不多吧，每次不都是这样的。"董方忍不住说，但说完就后悔了。

笑容从沈兰的脸上消失，她的目光变得阴冷，董方想说点什么缓和气氛，身后却传来闷响，妞妞又踩到一个毛绒玩具上跌倒了，这回摔得重了，磕到了头皮，她立刻大哭起来。沈兰无视了董方，跳起身飞奔过去，抱起妞妞，紧紧地把她搂在怀里，说："宝贝没事儿，妈妈在这里呢。"

"mamama"，妞妞含糊不清地叫着，把头埋进她的怀里。

沈兰抱了她哄了很久，又低头去亲她，瀑布般的长发垂下来，拂在妞妞脸上，逗得她咯咯直笑。董方就像被一种无形的力场所排斥，站在客厅的另一角看着母女俩，昏黄的灯光照在她们身上，宛如玛利亚怀抱圣子。

二

他们是第一次做 B 超的时候知道是个女孩的，医院规定不让问，他们倒没有主动提，但医生却跟他们暗示，说有的事医院不让说，不过要知道也不是没有办法，然后沉默了一会儿。其实董方并不是特别想现在知道答案，但此时不问反像是得罪了医生，医生说："孩子像妈妈，挺好的，生男生女都一样嘛，当然如果你们不想要，也有办法。"

董方不认为自己重男轻女，也没有太多想过孩子是男是女有什么区别，孩子来得有点突然，自从知道后他一直晕晕乎乎的。但知道是女孩后，他还是失落了一下。他发现自己心底还是希望是个男孩，到时候父子俩可以一起开 VR 飞车，打外星怪兽，玩男孩和男人都感兴趣的那些游戏。他很难理解一个女孩对自己意味着什么。

但沈兰很开心，她没搭理医生的暗示，回家的路上，她说是女孩就好了，自己前几天就想到了一个特别好的女孩名字，叫董清宛，预示着孩子会像董小宛那么美，又暗用了"有美一人，清扬婉兮"的诗句。董方不服气地说："男孩也可以起好名字呀，比如叫……叫……董士轩？"沈兰说："什么乱七八糟的，还董事长呢。"董方无奈地笑笑，望向车窗外，将从未存在过的儿子董士轩埋葬在心底。

至于小名，沈兰说也想好了，就叫宛宛，又别致又动听。这个小名倒是让董方心中一动，好像一个清丽柔婉的姑娘已经站在了他面前。那一刻，他不由想起第一次见到沈兰的情景。那还是在大学的时候，也是一个雨天，他从图书馆门口路过时，看到一个穿着轻纱连衣裙的女生站在门口的柱廊下躲雨，长发轻扬，眉目间带着淡淡的忧愁，仿佛一朵雨雾中的百合花。董方忍不住驻足望去，他们目光交错了一刹那，女生的目光中似乎含着期待，却又羞怯地转过头。董方的脚像被无形的磁力吸住。他平常很少和女生搭讪，也不知道该说什么，也许我能送她一程？他想，但又否定了，说不定人家在等朋友甚至男朋友来接呢？这么漂亮的女孩是不会没有男朋友的。想到这里，他苦笑了一下，决定不去干蠢事，扭头走开了。

后来董方想，人生是多么奇妙，两个人，不，三个人的命运都在一个微不足道的瞬间被决定了。如果他当时直接走掉，后面的事，后面所有的事都会不一样。他也许会出国，也许会去南方，但不会来到这座城市，不会和这个叫沈兰的姑娘结婚，当然也不会有妞妞，不会有后来发生的一切。

智能水壶发出温柔的乐声，提示水好了。董方从缥缈的回忆中抬起头，去把水倒进奶瓶，又去冲奶粉。妞妞喝的奶粉是从澳大利亚进口的，用水也是专门提纯过的纯净水，水温还要保持在 45 摄氏度，差几度都不行。当然妞妞本身并没有特殊要求，随便弄点什么都能对付，但是沈兰的要求很高，几乎是偏执。

"好了没有？妞妞急着要喝呢。"还没冲好奶，沈兰就在房间里叫他。董方心里一阵烦躁，就想把奶瓶砸个粉碎，但他还是忍住了。他将牛奶摇晃均匀，端进卧室。妞妞刚洗过澡，正在和沈兰在床上玩儿，小小的身子滚来滚去，一会儿又吸吮手指，看到他拿着奶瓶进来，妞妞坐起身来，两眼放光，口中发出"唔唔"的焦急声，董方稍微晚递过去几秒钟，她就哭了起来。沈兰慌忙把奶瓶接过去，抱着妞妞，给她喂奶。妞妞一边喝奶，一边斜瞥着董方，眼角还带着泪花，却仿佛透出狡黠的光。

三

妞妞是喝牛奶长大的。沈兰的奶水少得可怜，生下女儿以后，一开始还尝试母乳喂养，结果喂是喂了，可孩子整晚整晚地哭闹，夫妻俩还以为她是病了，最后才发现是根本没吃饱。所以最后，基本上都得靠奶粉养活。大概因为这个原因，沈兰对女儿也感到歉疚，高价网购了国外最好的奶粉，而且每次只要可能都自己给她喂奶。

女儿的大名定了是董清宛，但小名却很快从"宛宛"变成了"妞妞"。因为他们请了一个月嫂，那女子按她老家的叫法，直接妞妞长妞妞短地叫起来了。董方爸妈当时也在他们家帮着带孩子，挺喜欢这称呼，也跟着叫妞妞，董方也就从众了。也许是因为"宛宛"的发音沉郁深长，适合恋人之间的柔情呼唤，却不适合叫一个小女娃，远不如妞妞这个俗套的称谓轻巧而上口。沈兰有些不满意，只得宣布女儿的"大小名"还是叫宛宛，"小小名"叫妞妞，宣布完之后，她自己也"妞妞妞妞"地叫个不停，谁还管什么大小名小小名呢。

带娃的日子艰难而快乐，度日如年又转瞬即逝。妞妞会笑了，妞妞会翻身了，妞妞会坐起来了。董方和沈兰看着女儿从一条肥嘟嘟的肉虫子变成一只满地爬的小猫咪，再变成一个会说话会走路，会穿着漂亮衣服照镜子的小姑娘，几乎每天都有新的惊喜给他们。董方曾觉得自己和女儿亲不起来，但其实很快就深深爱上了这丫头。妞妞也非常黏他，看到爸爸就甜甜地笑，哭得厉害时他一抱就不哭了，有时连睡觉都要他陪，搞得沈兰一度很嫉妒。

那是他们一家的黄金时代。董方常常想，事情是从什么时候起开始变得不对的？也许就是去咖啡馆的那一天开始的。

妞妞刚过一岁时，某个客户约了董方在一间咖啡馆见面，结果却临时爽约。董方等待的时候在咖啡馆的书架上看到有一本旧书也叫《妞妞》，觉得好玩，就拿下来，要了一杯咖啡边喝边看。结果，那是他这辈子看过的最后悔的一本书，那是一个作家写自己女儿的故事。那个女孩生下来带了绝症，一岁多就去世了。董方翻着翻着发现不对，心里一阵发怵，忙将书像烫手山芋一样扔在桌子上，匆匆结账走了。

回家以后，他开始改叫女儿"宛宛"，沈兰问他为什么，他支吾不答。不过叫了两天，他自己也觉得这种忌讳可笑，天底下叫妞妞的女孩不知道有多少，同名又能怎样？可没过几天，妞妞要去医院检查身体，董方忽然有一种很不好的感觉，仿佛前几天的遭遇是冥冥中的示警，拿体检报告的时候，他发现自己腿在发软。

结果自然是虚惊一场，妞妞健康得不能再健康。他放下了那点无谓的担心，也重新叫起了妞妞。他们的妞妞按部就班地成长着，一点点融进父母的生命中。以客观的标准看，她不算很美，比同龄的孩子要矮几厘米，头发稀少，眼睛不大，鼻子也有点塌，但是这些算什么呢，妞妞笑起来的时候可爱得难以形容，让所有人的心都化了。似乎董方和沈兰从一开始的相遇，都是为了这个天底下最迷人的小精灵的诞生。

妞妞喝了奶，又跟他们玩了一会儿，一会儿转到爸爸这边，一会儿又去拍拍妈妈，终于慢慢闭上了眼睛，长长的睫毛垂下来，依偎着父母睡着了。沈兰看了一会儿手机，也关了灯，闭上了眼睛。但董方不能睡，也睡不着。他在黑暗中听着沈兰的呼吸从不规律渐渐趋于均匀悠长，判断她已经进入了熟睡之后，起身抱起妞妞，下床向外走去。

他走进了卫生间，打开了灯。妞妞在灯光下睁开了眼睛，睡眼惺忪，张开小嘴叫了一声"爸爸"。

董方应了一声，给妞妞换尿布，尿布当然并不脏，洁白的奶水在她身体里停留了一会儿，就直接从下身流出，渗进了尿布。她没有拉大便，如果有的话，处理的方式会稍微复杂一点，会变成条状，但是脱去了水分，也没什么臭味。实际上养这个小家伙还可以更简单，比如什么东西都不喂，但沈兰坚决不干。

完事后，他把妞妞抱到沙发上，让她面朝外坐在自己的腿上，妞妞还不老实地扭着身子，咿咿呀呀地手脚乱动。董方把手伸到她后脑处，在柔嫩的头发里拨弄了两下，还带着头发的后脑勺就弹开了，露出了内部深深的电池槽。他把里面的两块电池抠出来，整个头颅几乎空了一半，一瞬间，妞妞失去了一切生命力，身子瘫软下来，倒在他身上。

刚开始的时候，董方给她换电池的时候手都会发软，但现在早已驾轻就熟。董方把电池拿去充电，又去储藏间拿了充好的备用电池，走到沙发前，要给妞妞换上。但一瞥间，见到她小小的身子就那么躺在那里，一动不动，就像最后那天见到的一样。董方心知不妙，挣扎着想逃开，但一瞬间，回忆还是把他拖入了痛楚的泥淖。

四

妞妞是在两岁生日的前一天出的事。

爷爷奶奶要过来给妞妞过生日，所以沈兰决定把房间好好打扫一遍。本来妞妞有一个保姆看着，可不巧那天保姆请假了，董方又在公司加班，所以沈兰只有自己一边带娃，一边做家务。

一架微型无人机跟着妞妞，总是停留在她眼前一米左右的地方。无人机的大小和蜂鸟相似，上面有一个摄像头。这种蜂机主要是为了监控孩子研发的，这年头保姆都不太靠谱，父母因为太宝贝孩子，总要随时看到她才放心。当然也不仅是监控保姆，摄像头远程连接着董方在公司的电脑，董方的电脑屏幕下方有一个小窗口，随时可以查看无人机所拍摄的画面，所以隔着半个城市，董方也能随时看到女儿的笑靥，想到自己赚钱是为了让女儿明年上一个好的幼儿园，工作起来也多了几分干劲。

所以，董方和沈兰同时目睹了那一幕。

妞妞在客厅的塑料垫上玩着一种智能积木。这种新研发的玩具能自动变形组合拼接，变出千奇百怪的花样，很受幼儿的喜欢。最近妞妞可以心无旁骛地玩上一两个小时，所以沈兰也就很放心地干自己的家务，再说如果有什么危险举动，蜂机也会发出警报。她为了扫地方便，把一把椅子随手拉到了飘窗边上，飘窗的窗户也拉开通风。

过了一会儿，妞妞抬起头，看了一眼窗子，显然一个有趣的念头在她的脑海里闪现，她嘻嘻一笑，爬起来，朝那边奔了过去，嘴里嘟嘟嗒嗒叫个不停。当时董方见到了这一幕，但蜂机的摄像头对准的是妞妞的脸而不是后脑勺，他无法判断妞妞要干什么，也没留心去想，他手头还有一个报表急着要完成。

妞妞以前爬不上椅子，而且飘窗边上有为防备幼儿设的护栏，照理几乎不可能出事。但妞妞每一天都在成长，每一天身体都在变得更壮，她这次轻松爬上了椅子，又借助椅子翻过了护栏，走到了窗边，还在继续向陌生领域探索。等到沈兰发现的时候，妞妞的一只脚已经越过了窗沿，跨坐在窗户上，和外面的世界之间不存在任何隔挡。完成了这一系列高难度动作，她很开心，朝着沈兰甜甜地笑着，嘴里叫着"妈妈！妈妈"，让沈兰看看自己的壮举。

沈兰回过头，看到了这惊心的一幕，她慌忙朝妞妞奔去，两三步就到了飘窗边，去抓妞妞的手臂。与此同时，在公司里，董方的目光移到了屏幕下方的小窗口，看清了妞妞在哪里，手一抖，手上的一杯咖啡落地，摔得粉碎。

本来这一切还有机会止步于一场虚惊，但这时候蜂机坏了事。它的智能系统终于判断出小主人处于危险状态，发出醒目的红光，伴着尖锐刺耳的报警声。这却起了反作用，妞妞受到了惊吓，身子一抖，本能地朝窗外躲闪，打破了脆弱的平衡。一瞬间，她小小的身体从七楼的窗口消失了。

沈兰去抓妞妞的手只差了一步之遥抓了个空，她发出一声撕心裂肺的尖叫，软软地倒在了窗边。

她比董方还幸运一点。董方呆滞的目光随着忠实追随妞妞俯冲下去的蜂机，看到了女儿的最后几秒钟。大楼的外墙向镜头外飞掠，地面的行人和车辆迅速变大，宛如电影特效中的惊悚场面。妞妞的瞳孔中映照出天空上的白云，她还不明白发生了什么，但显然是受到了惊吓，手脚乱动，扁了扁嘴，想要哭出声来。以前每次她只要这样一哭，就可以得到亲人们最温柔的拥抱和照料。

但这次不会了。大地迎向镜头，随着一声沉闷的撞击声，她的表情永远凝滞在了将哭未哭的那一刻。鲜红的颜色迅速充满了画面的其他部分。

董方摇摇欲坠，扶住茶几，闭上眼睛，又睁开眼睛。闭上眼睛，他看到当年的女儿，睁开眼睛，又看到眼前的妞妞。她们一模一样，难以分别。

但妞妞已经死了，董方想，火化了，下葬了，我亲自埋葬的。但她的模样又一直在这里，不断地勾起我不堪的回忆。日复一日，年复一年。这是怎样残忍的生活啊？我为什么还要忍受？

狂怒在他心头涌起，他伸手扼住了沙发上那个小女孩的脖子，一手把她提了起来。你不是我的妞妞，他咬牙切齿，从来就不是，假的，骗人的！

他可以稍用力气就捏碎她的脖子，那是她身上最脆弱的构造之一。但细嫩的脖颈虽没有脉搏，却还带着人体的温暖，女孩闭着眼睛，面容宛如在母亲子宫里一样恬静，如在沉睡中。没有人会忍心伤害这样柔弱的一个孩子，不论她是真是假。

力气从董方的手臂上消失了，他长叹一声，把她扔回到沙发上。低声咒骂了两声，将电池装进女孩的后脑部，又把翻起的脑壳合上。妞妞迅速活了过来，翻过身，对着他奶声奶气地喊"爸爸，爸爸"。一直以来，这声音仿佛塞壬的歌声迷惑着他，把他诱向时间的深渊。

"你不是妞妞，"董方喃喃说，"我再也不会上当了。"

妞妞无辜地眨了眨眼，又喊了一声："爸爸。"

五

妞妞出事以后，大部分的压力都落到了沈兰头上。毕竟妞妞是在她眼皮底下匪夷所思地坠下了高楼。她在邻居的窃窃私语中被警察带走，呆呆地仿佛还不明白发生了什么。她险些以过失致人死亡罪被起诉，但警方最后放弃了起诉。董方接她出来的时候，发现她披头散发，神情恍惚，憔悴得不成人形。

"董方你相信我，"她一上来就抓住他的胳膊，边哭边说，"我不是有意的，我真的真的没想到，我怎么就那么蠢呢，我想死的心都有了，爸妈一定在怪我，是不是？你是不是也在怪我？"

董方把头转向一边，干涩地说："算了，这都是命。爸妈那边，我跟他们说过了，他们回老家去了。"董方说的时候没有提到他爸高血压发作住院的事。

"那就好，那就好。"沈兰看上去松了一口气，擦了擦眼睛，"那妞妞怎么样了？她在医院吗？她摔出疤痕了吗？她这几天看不到我，有没有想我？"

董方停下了脚步，愕然盯着自己的妻子。

"你怎么了？我脸上有什么吗？"

"你难道不知道，妞妞——"

"没事的，妞妞一定没事的，"沈兰神经质地打断了他，"她在家里等我呢，我们赶紧回去，回家。"

有一刹那，董方觉得是自己出了毛病，妞妞好好的，什么事也没有，是自己做了一场噩梦。他恍恍惚惚地跟着沈兰回到家里，渴盼着保姆把她抱出来，但是没有，哪里都没有妞妞的影子。然而妞妞的尿布、衣服、玩具和图画书还散落在房间的每一个角落，她仿佛随时会从卧房里或者沙发后面跳出来一样。这几天他都不敢在家里待着，一切几乎还是维持着那一天出事前的样子。沈兰一进门，一分钟没休息，就开始扫地和收拾房间，甚至开始擦洗妞妞的玩具。

董方定了定神，终于开口说："兰，你在干什么啊？妞妞已经——已经——"他无法说出那个字来。

"妞妞跟爷爷奶奶回老家了，"沈兰抬起头，对董方说，"过几天就回来了吧？"她的声音表面平静，却在微微发颤，眼神里带着绝望的希冀，像是一个即将渴死的人在哀求最后一滴水。

董方想喝止她，想怒骂她，想告诉她别再自欺欺人，但最后只是移开了目光："对，爸妈带妞妞回老家去了，过一阵子回来。"

董方给一个当心理医生的老同学打电话，向他咨询妻子的情况。同学告诉他，沈兰只是暂时无法接受女儿的死，拒绝承认这一切，只要不刺激她，过一段时间就会好了。

董方能理解沈兰，他自己又何尝能够接受呢。但时光会戳穿一切幻象，抹平一切伤口，让每个人都面对真相。给她一点时间吧。

不久后，他又经过那家咖啡馆，他忽然决定进去，再去看看那本《妞妞》。这本曾令他恐惧的书这次却奇妙地给他以某种慰藉。他的妞妞走得很快，一切就是瞬间的事，她应该是什么也不知道，什么也没想，就结束了一切。对她来说就像是睡着了，不会有任何痛苦。至少比书里那个受尽病魔折磨的孩子幸运多了。

人生就是不断地死去。董方有时想，他见过自己两三岁时的照片，也听父母说过那时的情景，但他一点儿也记不起来。当时他住在南方一个小县城里，最初学会的是吴侬软语，不过四岁的时候，他就跟着父母一起搬到了北方，早就一口标准的普通话，有时候回到老家，听旁人说方言，几乎是一点儿也听不懂。

那时候的董方，那个天真稚嫩、一口南方土话的孩子，当然早已经不存在了。童年的董方，少年的董方，甚至认识沈兰之前的董方也都不存在了。如果妞妞还在世，现在也是一个六七岁的孩子，都该蹦蹦跳跳地上学去了，再不是那个走路都不稳的幼儿。所以当年的妞妞也相当于死去了，被一个又一个新的妞妞取代。如此说来，又有什么好难过的呢。

但董方知道这是诡辩，他失去的不是一个妞妞，而是许许多多个妞妞。三岁的妞妞、五岁的妞妞、十岁的妞妞……她们宛如逆着时间之流的方向跑来，风一般掠过董方和沈兰身边，脸都看不清楚，就一个接一个跑进了无法追回的过去，跑回到那个在风中坠落的孩子身上，烟消云散。董方想，生命是如此漫长，他的未来还会与一个又一个本来存在过的妞妞擦肩而过，十五岁的妞妞——不，那时候应该叫董清宛了——二十岁的董清宛、三十岁的、四十岁的。她们会带着自己的人生和事业、性格与爱恋、欢乐或忧伤，从他们本来会相遇的一个个时间点掠过，返回过去，返回那个悲剧发生的时刻，在那个瞬间，所有的她们都不存在了。

但这种痛苦仍然给他以某种安慰，仿佛有另外一个世界，而妞妞在那个世界长大成人。也许世界从那一刻开始就分成了两个，在一个世界里沈兰抓住了妞妞，所以什么都没有发生，他只是不幸掉到了另一个世界里。他和妞妞就此分别，渐行渐远，再也无法相见。但在彼此的世界里，他们都能有各自的新生活。

而不像现在这样。

妞妞还在左右扭动，董方把她的耳朵旋了半圈，她立刻就睡着了，这是他设置的快捷方式，不过从未告诉过沈兰。她无法忍受他把这个"女儿"当成玩具一样对待。

他把妞妞抱回卧室的床上，沈兰迷迷糊糊地搂住了她。妞妞每天都要换一次电池，虽然也可以直接充电，但那需要的时间会更久。换电池是最煞风景又不得不做的事，董方只有在沈兰熟睡的时候才去进行。多年来，沈兰从未醒来，他有时甚至觉得，沈兰或许是故意的，至少是潜意识里有着共谋。她不愿意面对自己其实心知肚明的真相。

董方躺在她们身边，睁着眼睛盯着头顶穿不透的黑暗，几乎整宿地无法合眼。这已不是第一次了，而且最近越来越多。每次当他失眠的时候，都会想起一个名字，一个从未存在的人的名字，却从未从他脑海消逝。

董士轩。

六

董方再次想到董士轩这个名字，是在妞妞走了半年以后。

对董方来讲，沈兰的癔症不完全是一件坏事。他至少找到一件可以做的事，帮他从自己的悲痛中走出来。他开始翻看心理学和精神病学方面的书，想出治疗妻子的方案。首先是把妞妞的东西都收起来，他告诉沈兰，这次妞妞要跟爷爷奶奶住上很长一段时间，这些东西要寄过去。沈兰没有阻止，也没有和公婆联系，要求和妞妞视频通话之类的。董方觉得同学的话是对的，沈兰在心底知道发生了什么，只是不肯接受。

那段时间，妞妞所有的用品和玩具都被董方封进了箱子，装了十几箱，他想扔掉，却下不了狠心，最后放进了储藏室的角落。渐渐地，沈兰也越来越少提到妞妞，只是长时间地对着墙上挂着的几张妞妞的照片发怔。最后董方试探地把那些照片也取下来，沈兰没有说什么，董方只是有一次看到，她对着空白的墙壁悄悄抹泪。

他们谁也没提妞妞的死，但董方感到沈兰已经默默承认了这一点。他们的家恢复到了妞妞出生前的样子。董方想起没有妞妞时他们的生活，并不太久却已恍如隔世。董方在伤感中也有一丝释然，他们的婚姻回到了原点，也会再次出发。

不知从什么时候起，董士轩几个字又在董方脑海中浮现。他想，也许那不只是一个名字，也是一个预示。也许他仍然可以让这孩子来到人间，救平他们所有的伤痛。也许妞妞的一切只是他们生命的插曲，而董士轩才是真正的华彩乐章。当然不一定是男孩，也许还是个女娃，谁知道呢，女孩可以叫董诗萱。一个新的孩子能拯救他们的人生。

一个，新的，孩子。

不过生孩子的事还没正式提上日程，董方知道这事急不来，沈兰还没有做好准备，那个命中注定的孩子要等待更美好的时机才能来到他们的生命中。他精心安排了一次二人的邮轮之旅。邮轮会开到南太平洋的好几个岛国，带他们见识异国风情。这本来是他们在婚前曾计划过的蜜月旅行，但因为囊中羞涩而放弃了。如今董方重拾起这个计划，一下子就得到了沈兰热烈的响应。董方看到沈兰的眼中放出消失了许久的少女时代的光彩，这让他更加兴奋。他们讨论了好多天该带什么，要去哪些地方，怎么玩，怎么吃，说到高兴时笑成一团，就像两个孩子。

董方渴望着这次梦幻般的旅行。有整整两个月的时间，他们可以在南方的熏风下经过蓝得沁人心脾的海面，白天鲸豚伴游，夜里星河闪耀。他们会抵达一个个异域风情的海岸，去领略那些完全不同的生活。生命将重新焕发光彩，翱翔天际。

出发前三天的晚上，董方为了赶工完成上面交代的项目，连轴开了好几个会，九点下班时，才发现有个长得怪异的陌生号码给他打了七八个电话，但他因静音没有听到。董方拨回去，却无法接通。他没有太在意，多半是工作上的事。他只希望不会干扰到他已经计划了几个月的旅行。

所以他毫无防备地回到家，一开门就看到一个头发半白的妇人站在自己面前，不认识又似乎在哪里见过，也许是哪里的亲戚？

"您是……"

妇人微微一笑："董先生，你不记得我了吗？" 她的声音沙哑而富有磁性，很特别，很熟悉，很像他的祖母。

一声惊雷在董方脑中炸响。他想起来在哪里见过她了。事情已经过去了快一年，他几乎以为那是一场梦。

董方结结巴巴地开口，吐不出完整的句子："你——你是——难道——"

"爸爸！"

妇人背后响起了一个童声，声音稚嫩而响亮，更熟悉得不能再熟悉。这声音曾千百次在他梦中萦绕，让他在午夜惊醒，发现泪水打湿了枕巾。他一阵晕眩，忘却了周围的一切，如梦游般走向声音的来源。妇人自觉地闪到一边，他看到沈兰就站在那里，怀抱着一个小女孩，脸上全是泪痕，却露出他见过的最美丽的笑容。那女孩喊着"爸爸"，朝他伸出小小的手臂。

妞妞，他听到自己说："妞妞！妞妞！"

董方扔下公文包，冲向母女俩，把她们揽在怀里，号啕大哭。这一刻，他感到幸福得无以言表，什么工作，什么旅行，什么董士轩，都毫无意义。妞妞回来了，旧日的幸福时光回来了，一个完整的家回来了，这就是他人生最高的意义，唯一的意义。

但是我错了，四年后，董方睁开眼睛想，我大错特错。

他到早上五六点才蒙眬睡去，等醒来，时钟已经接近九点，好在今天是周六，不用上班。外面传来了幼儿的喧闹声，沈兰已经带妞妞起床了。董方从卧室出来，看到桌上放着吃剩下的早点，妞妞已经吃完了早餐，沈兰给她穿上了漂亮的粉红小裙子，要带她去楼下的小公园玩，她正兴奋得手舞足蹈。这一幕在董方眼中熟悉得不能再熟悉。

妈妈，猫猫，董方在心中念叨。

"妈妈，"妞妞指着门外说，"猫猫。"意思是她要去外面看猫猫，实际上她分不清猫和狗。沈兰哼着轻快的歌曲，把妞妞放在幼儿车上，给她系上安全带，又亲了她一下。

嘻嘻。

"嘻嘻。"妞妞笑出了声。

哦哦哦哦！

"哦哦哦哦！"妞妞高兴地叫道。

挥手。

妞妞抬起双臂，兴奋而笨拙地挥舞了起来。董方知道，每一个看似不经意的动作和声音，都像数学一样严格和精确。

"兰，"董方忍不住开口，"我有点事儿要跟你说。""等我回来再说吧，"沈兰蹲下来给妞妞整理着衣服，"妞妞急着下去玩呢。"

董方想说什么，但忍住了没开口。烦躁宛如背景噪音般袭来，他看到桌子上放了个红艳艳的苹果，随手拿起来就要往嘴里送。

沈兰忽然横冲过来，把苹果抢到手："哎呀你这人，这是给妞妞带的，你跟女儿抢什么吃的。"

董方不禁气往上冲，脱口而出："什么女儿？谁的女儿？"

"你吃错药了？说什么呢。"沈兰头也不回，一边说一边往外走。

"你知道我说的是什么，她根本不是你的女儿，她根本不是——人。"

沈兰的眼神黯淡了一下，声音也低了下去，但仍然很坚决："现在不说这个，对我来说她就是妞妞，这就够了。"

董方终于爆发了："你别骗自己了行吗？妞妞不会永远长不大，不会今天长牙明天又缩回去，不会今天会走明天又只会爬了！你和我一样清楚，这就是一台机器，一个玩偶！你还抱她下去玩……你知不知道邻居和保安背后都在怎么议论我们？这种日子我受够了！"

董方的咆哮让妞妞"哇"的一声哭了出来，手臂慌张地伸展着，寻找母亲的怀抱。沈兰来不及反驳董方，忙心疼地把女孩抱起来，柔声细气地安慰着她。自己的泪水也潸潸而下，妞妞哭得更加伤心了。董方的怒火宛如被一桶凉水浇灭，还带着热气，却也燃不起来。父性的怜爱又在他心中滋长，他明知道这是一种错觉，却无法遏制。为此他更恨自己了。

沈兰抹了抹眼泪，瞪了他一眼，像躲避洪水猛兽一样抱着妞妞出了门，"砰"地关上门，董方听到她的脚步迅速地远去。

怎么会变成这样的？董方想，这一切的开端曾是奇迹般的美好。妞妞是回来了，不是吗？但这一切的代价，却是如此可怕。他们被困在了早已消逝的过去里，无法逃脱。就像掉进了一个扭曲时空的黑洞。

如果当初没有答应那个人，也许一切都会完全不同吧。

七

妞妞的骨灰下葬的时候，也是一个雨天。那时沈兰精神还没恢复正常，他父母也在病中，董方只能一个人去操办，他都不知道是什么支撑着自己忙完了这一切的。

骨灰盒放进小小的石棺后，天上下起了大雨。董方站在墓前，看着自己刚贴上去的那张妞妞的照片想，这里以后就是她的家了。雨水会不会流进墓穴呢，会不会冻着妞妞呢？她听到雷声会害怕吗？她在骨灰盒里也会哭着伸手要抱吗？从今以后，再没有人会来抱她，晚上也没人会给她加被子，她要是想回家了怎么办呢？她能找到回家的路吗？

大雨浸湿了他的衣服，泪水开始流下来，混入雨水，他渐渐地泣不成声。这时有人拍了拍他，递给他一张纸巾。董方抬头，看到了一个头发花白的妇人，打着一把伞，穿着某种灰色的工作服，面容慈和。"先生，没事吧？"对方问。董方想，她应该是墓地的工作人员。

"我女儿死了，"董方哽咽着说，"还不到两岁。"

妇人叹了口气："她一定是你们的心肝宝贝。"妇人的声音略沙哑而有磁性，让董方想起自己早已过世的祖母。

她把董方拉到了一间休息室里。不知怎么，董方开始对她讲起了妞妞的故事。从在妈妈的肚子里到最后跌出窗外的瞬间，有些他根本不愿意回想的事，还有些除了父母没有人会感兴趣的东西，他都说了出来。他已经憋在心里太长太长时间，却连沈兰都不能去讲。他越说越多，越说越无法自抑。妇人默默地听着，不时递给他一张纸巾。

倾诉了半天，董方才恢复了一点清明，擦了擦眼泪，不好意思地苦笑一下："对不起女士，我都说了些什么呀，耽误你时间了。"

"没关系，"她说，"我就是为你而来的。"

董方开始诧异："什么？"

"你听我说，如果我说，我有办法让你再见到你的妞妞，会怎么样？"

董方愣了一下，随后怒火上涌，瞪着对方："你是什么意思？"妇人并不着慌，一字一句地说："我不是在拿你开心，也不是精神失常，我有办法让你再次见到妞妞，一模一样的妞妞。"

"这怎么可能……"董方说了半句，忽然明白了什么，"等等，你不会是说仿生人吧？"

妇人面容严肃地点了点头。

董方像被一个突如其来的魔咒定住了，他依稀知道仿生人技术的发展由来已久，并在几年前取得了突破性的进展，能够利用金属骨架、人工智能芯片和人体生物组织制造出外表可以乱真的生物机器人。这项技术最初受到了市场的热烈欢迎，但很快声名狼藉。甚至一些仿生人因为有意仿制娱乐明星、各界名人和客户认识的真人形象还引起了法律纠纷。最后，政府禁止了这项生产。但相应的需求仍然十分强烈，非法的地下产业链也一直存在。但董方从未想过，这些事可能和自己发生关系。

董方回过神来，连连摇头："对不起，我不需要，那根本不是真人。"

"当然她不是真人，"妇人从容地说，每个字都充满了魔鬼般的诱惑力，"但对你来说也没有什么区别。你说你闭上眼睛，还能够看到妞妞的样子。而我可以承诺，你会再次见到一模一样的妞妞。"

一模一样的妞妞。董方怀疑地摇头，不可能真的一模一样。

"半点不假，您只需要提供给我们足够清晰的影像资料，我们就能进行精确建模，并采用最新的纳米级 3D 打印技术，能对最精细的皮肤和毛发细节进行控制……技术方面就不多说了，总之，你会看到她甜美的微笑，听到她喊你爸爸，亲她的小脸蛋，拉着她的手学步，和她一起玩耍……她会永远陪在你身边，再不分离。"

董方踉跄退了两步，仿佛真的看到女儿欢笑着向自己奔来，他挥挥手，驱散这些甜美的幻象："但是……那不是真的。"

"即便她不是真的，也是一张立体的照片，一个活的雕像，这不也是对妞妞最好的纪念吗？"妇人耐心地说。

"不，还是不用了，"董方摇头，试图抵御着越来越强烈的诱惑，"我知道制造一个仿生人很贵的，我们也没那么多钱。"

妇人笑了笑，似乎早就猜到了他的理由："没有您想得那么贵，是一个您完全可以负担的金额。而且目前也不用钱，您只需要做一个简单的登记，将妞妞的有关资料传给我们，等到完成了，我们会把新的妞妞送到府上，到时再付款。如果您有任何不满意的地方，一个月内随时可以退掉，分文不取。"

"那你们不是损失大了吗？"董方没见过这么做生意的。

"没关系的，"妇人露出诚挚的笑容，"客户的满意是我们最高的需求。"

最后，董方鬼使神差地进行了登记，将妞妞所有的照片和视频都发到了对方指定的网络地址上。此后他也期盼了一段日子，但对方如泥牛入海，再也没有消息。董方想，多半是这个地下仿生人工厂被查禁了，好在他本人没有损失。后来，他很快也忘了这事。

直到那天，那个妇人带着妞妞找到了他家。董方才理解，为什么她敢不收任何定金就接下了这个订单，因为这单生意几乎没有风险。见到挚爱亲人的归来，谁也不可能去退货，就是要倾家荡产也愿意。

不过费用的确不菲，环球旅行的计划取消了，另外几张卡也都被提空。但是小妞妞回来了，这些又算什么呢。有整整一年，他们都沉浸在女儿失而复得的幸福中。

沈兰完全照着以前的方式养育妞妞，妞妞也重复了之前的生活轨迹，她似乎在一点点长大，身材从婴儿变成幼童，慢慢学会了走路，也学会了说一些简单的词汇。但某一天，她恢复了刚来时的样子。

董方打电话去咨询，才知道是怎么回事。仿生人本质上是一部机器，对仿生幼童来说就更加明显了：他们无法真正成长，顶多是机械骨骼有局部伸缩的功能，肌肉可以有一些变形，牙齿可以进出牙龈……看上去最多可以从一岁变到两岁左右。但他们当然不可能长大。人工智能的算法和肢体控制方式可以让他们有一定的变化，从爬行到走路，从不会说话到说出简单的语句，但这种发展是不可持续的。此后，他们可以维持在某个阶段，也可以从头再来过，让孩子再次"成长"，沈兰选择了后者，或许是因为这样才让她更有带孩子的乐趣。

新"妞妞"的到来已经有四年，也经过了四次生长周期。第一年，董方对这孩子的感情不下于对妞妞本人；第二年，他的热情开始冷却，但还是很喜欢她；第三年，他开始日益厌倦这种游戏；到了第四年，他已经快要发疯了。董方觉得自己仿佛掉进了永无止休的时间回环。妞妞刚会走路又开始满地爬，刚会说话转眼又忘得一干二净。每一天发生的事都好像在一年、两年、三年前都发生过了，甚至五年前早已在真正的妞妞身上发生过了。

但同样的日子还在继续，他头上已经长出了白发，父母也相继去世，但那个生化人永远是一岁多两岁不到，永远是一个长不大的小女孩，和他们玩着日益荒诞的亲子游戏。这样的日子什么时候才是尽头？什么时候才能够看到未来？

但沈兰却不一样，她完全投入了其中，即便一次次周而复始地循环也无怨无悔。为了"照顾"一台机器，她甚至不想再生第二胎。再等一等，她总是对董方说，再等一等吧，现在还不是时候。当然了，现在妞妞最需要人的照顾，而她的需求永无止境，因为她根本不会长大。那个时机，孕育董士轩的时机，被无限推迟，也许再也不会到来。

必须有一个了结，这个清晨，董方再清楚不过地意识到，这个荒谬的游戏正在吞噬他们的人生，还有他心心念念的董士轩的人生。

它必须结束了。

八

沈兰出去了很久，董方打电话也没人接，下午才带妞妞回来。打开门，一个小小的身影迈动着小腿走进来。"爸爸，爸爸。"她喊着，投入董方的怀抱。她显然已经忘记了董方早上的怒吼，当然，她本质上也记不下任何事情，一切都是固定程序的安排。

董方怀着复杂的心情抱起了她。沈兰走到他面前，表情平静："你要谈什么？我们谈吧。"

董方放下妞妞，指了指地上准备好的智能变形玩具，妞妞兴高采烈地扑过去，玩了起来。董方把沈兰拉到书房，虚掩上门，说："对不起，也许我的话有点刺耳，但这孩子是——"

"你放心，我没有疯，"沈兰说，"我知道这孩子不是真的人，但那又怎么样呢？董方，你就不能让我像养小宠物一样养着她吗？"

"如果是小宠物那就好了！但你完全是把她当成亲生女儿看待！你叫她妞妞，给她吃和妞妞——我们的妞妞——一样的进口奶粉，一样的高级辅食，一样的水果蔬菜……而这些她根本就不需要！你还给她玩妞妞的高级玩具，带她出去散步，晚上也抱着她睡觉，简直比小保姆还辛苦！兰，这些年你一直没有上班，待在家里伺候一个仿生人，你不觉得是走火入魔了吗？"

"走火入魔？我只是很喜欢妞……很喜欢她，我想去照顾她，那又怎么样？你玩那些 VR 游戏的时候不也经常废寝忘食吗？"

董方没搭理这个不伦不类的类比："我也喜欢她，你知道的。我没有反对她在我们家里陪伴你，但我们不再年轻了，我们得开始新生活，更有希望的生活。这些年我一直想要个孩子，男孩也好，女孩也好，总之是一个新的孩子，一个不是这个叫'妞妞'的'孩子'，一个能长大能上学的孩子。但是你——每次你都——"

"我也想过再生个孩子，"沈兰的声音开始颤抖，两行清亮的泪水从她眼角流下来，"我也想有个能长大的孩子。但是每次我都想，如果我们有了新的孩子，他还能越长越大，去读书去上学，我们大家都过上了新的生活，妞妞要怎么办呢？我们没法再花时间照顾她。那孩子又怎么看待这个姐姐呢？难道我们把她像一个旧玩具一样扔在储藏间里，逢年过节拿出来玩一玩吗？我们不能这么对她。"

又来了又来了，董方一阵烦躁："你总是把她当成真人，去考虑她的感受，这就是你的问题。她不是真的！她甚至连机器人都不算。"

"胡说，她也许没那么聪明，但她是一个……是一个和妞妞一样的……我不知道怎么说。"

"我知道，你潜意识里你觉得她是活的，就跟科幻电影里那些有人性的机器人一样，但那是幻觉，她只是一部机器，还是不那么聪明的机器！"

沈兰冷淡地摇摇头："反正我看不出来。"

"好，"董方点点头，"我现在就给你证明，让你看看这孩子到底是什么！"

他在手机上调出了一段视频："你记得吗？这是五年前，整整五年前，我们的妞妞玩这种变形玩具的视频，当时她搭了一个小金字塔，我们还夸她聪明呢。你再看看这个妞妞，她现在正在干一样的事，一模一样，几乎每一个动作都一样！你看她掉了一个蓝色的方块又捡起来，对不对？是不是一模一样？"

沈兰看了看视频，又看了看不远处的妞妞，脸色惨白。

"这就是真相！"董方冷冷地说，"当年我传给了那个地下工厂手头上所有关于妞妞的视频，包括我们拍的，也包括蜂机拍下来的几千个小时的内容，那几乎是妞妞的半个人生。他们根据这些资料复原了妞妞，外貌不用说，关于她的内在，后来我专门查过仿生人技术，什么大数据分析，什么心理学建模，什么再现核心人格都是骗鬼的胡扯，他们只是把所有的内容放进了数据库里，用一些最简单的指令去调出这些现成的反应，比如看到爸爸跑过来要抱，看到妈妈要吃奶什么的，最多就是根据环境进行一些必要的调整。这个妞妞本质上不是人也不是人工智能，她没有任何人格，她只是——说起来都滑稽——妞妞生活的三维录像。"

"录像。"沈兰冷笑了一下，好像根本不可置信。

"对，录像！"董方被激怒了，"老实告诉你，最近一年我都在仔细观察，她所有的动作都是复制我们的妞妞的。每次环境符合以前的某种环境时，她就根据之前的视频来进行重复。当然有关的资料是非常丰富的，所以不容易一眼看出来，比如妞妞发脾气有十几种方式，哭有三十几种，笑超过五十种，各种组合更是天文数字……但这些都是我们的妞妞有的，在我们的妞妞身上发生过的，没有任何新的东西。一切都是重复！都是再现！只是因为这个阶段幼儿的语言、动作、反应大体来讲都比较相似，我们才没有察觉。"

董方一口气说完了他的结论，沈兰却并没有他想象中那么震惊，她淡淡地说："董方，你要说的就是这些吗？"

"这些还不够吗？"

"我早就知道了！真可笑，你照顾了她多久？我照顾了她多久？你每天早出晚归，我却从早到晚，一直陪在她身边。你以为我会没发现她的话语动作和妞妞完全一样吗？你以为我没想明白背后的机制吗？你说的一切我都知道，但这才是我爱她的理由所在。"

"你在胡说什么呢！"

"你还不懂吗？"沈兰隔着玻璃，指着在客厅玩耍的女孩，"如果她是那种比较高级的仿生人类，有独立的人格和情感算法，也许我反而不会有那么深的感情。但她就是一台时光机，把我们带回到当年妞妞的身边呀。她的每一句话，每一个动作，每一个笑容，都是妞妞精确的重现。我们没有离开过妞妞，从来都没有。"

九

董方惊骇地瞪着自己的妻子，像看着一个完全不认识的人，过了许久才找到语言。"你真的都知道，知道得比我还清楚。你明知道这些，但还是选择留在过去，把自己封闭在关于妞妞的回忆里，到底为什么？"

"举个例子说吧，"沈兰露出一个凄楚的苦笑，"这事你可能不知道，当年有一次，妞妞午睡后醒了要找大人。恰好大家都不在她身边，保姆还没来，我正在洗澡，又放了音乐，她哭的声音越来越大，叫得无比惨烈，简直要哭晕过去了。后来我好不容易听见了，衣服都来不及穿就忙赶去抱她，安慰了很久她才缓过来，还抽泣了半天……前不久，这一幕在妞妞身上重现了。我听到了妞妞的呼唤，每一个声音的顿挫起伏都一样！那就是妞妞在呼唤。我能怎么办？我只能像当年一样，去抱起她，安慰她。这就是我的女儿。"

"还有，"沈兰意犹未尽，"我早就发现了，最近两年你对她越来越不上心，甚至冷淡粗暴，但她还是那么喜欢你，那么依恋你，不管哭得多厉害你一抱她就不哭了。换了任何一个小孩都不可能。这是为什么？因为她本质上还是当年的那个妞妞，她对你的爱就是妞妞对你的爱，没有一点点变化！她爱你比爱我还多呢，你怎么可以辜负她？"

这……董方觉得一阵眩晕，难道妞妞真的穿越时光，借这具人造的躯体来到了他的身边？不不，这不是理由，他不能被蒙蔽了。他坚定地摇了摇头："不要自欺欺人了，无论她怎么重复妞妞的动作和话语，都没有内在的情感，她只是一个影子而已，我们两个不能守着一个影子过一辈子。我们必须放下。"

"你不明白的，我没有办法放下，人各有各的活法，你不要逼我，好不好？"

"是你不要逼我！"董方忍无可忍地吼道，"我当然知道你没有办法放下她，我也找过了好几个心理医生咨询，我知道为什么。因为那一天，你从来不提，我也从来不提的那一天——"

"别说这个！"沈兰打断他，声音开始发颤。

"我可以不说，"董方说，"但我们都心知肚明吧？那一天妞妞死掉了，那完全是你——"

"我让你别说了！"沈兰歇斯底里地喊道。这次妞妞被吓到了，回过头来疑惑地望向父母的方向。

沈兰要出去抱她，但董方拉住了她，把门关死。书房门是一种特制的玻璃，隔音效果绝佳，妞妞再也听不到他们的说话声，愣了几秒钟就忘了刚才的事，又自己去玩了。

"你还不肯面对是吗？"董方残忍地说道，看着沈兰绝望的神情，不知怎么内心竟有一种隐秘的快感，好像那里有一个被禁锢了许多年的恶魔终于获得了自由，"你把自己封闭在和妞妞一年的回忆里，却永远不肯走到最后那一天。因为你不肯走到那一天，所以一切只能不断地周而复始，所以你才要一遍遍重复养大她的过程。但其实没用，我们一直活在那一天里！根本没有可能离开。我受够了，这都是你的问题，为什么要我来跟着承担？你必须正面面对那一天，现在就面对！"

沈兰挣扎着："你说什么——"她的目光落到了客厅边缘，不敢相信地望着董方："你怎么把椅子放在那里？干什么？你要干什么——"

董方在遥控器上按了一下，窗户猛然打开了，窗外的景象吸引了妞妞的注意，芯片的大脑中迅速进行着搜索和运算，很快找到了一段匹配的记忆，激发了她的活动程序。

她站起身，摇摇摆摆地向着飘窗前的椅子走去。

"你疯了！你干什么你，"沈兰叫道，"快放开我！"

但董方一手拉住她，一手捂住了她的嘴。他几乎觉得自己像是魔鬼，但又是那么欣快的魔鬼："你必须面对这一切，面对自己造成的这一切，这一切不能永远扛在我的肩膀上，看看，那天你的愚蠢是怎么害死女儿的——"

妞妞没听到背后的人在说什么，她三下五除二，爬上了椅子，然后又爬过了护栏，到了飘窗上。董方曾经目睹过这一切，如今从另一个角度再次目睹，仿佛真的穿越了时光，重新回到了五年前的那一天。沈兰似乎呆住了，身子也不再动弹。这是最后的一幕了，董方想，快点该结束吧，结束才是真正的从头开始。

再见了，妞妞。这一次，真的再见吧。

妞妞爬上了窗台，回过头，朝着玻璃门后的父母甜甜地笑着。董方忽然发现自己犯了一个错误，这一次没有蜂机，缺乏最后的触发机制。算了，他想，也许这一切到这里就可以了，也不必——

但他一愣神间，沈兰忽然恢复了生命力似的弹起来，挣脱了他的控制，一把把他推倒在书架上，人一开门就跑了出去。

"妞妞——"

她大叫一声，冲进客厅，越过围栏，跳上飘窗，伸手去拉窗台上的女孩。那一刻，她也如同迈越了漫长的时光，返回到五年前决定一切的那一瞬间，要改变那早已成为铁一般事实的悲剧宿命。她声音凄厉，面容狰狞，她充满母性的疯狂与决绝，她能战胜一切，改变一切。

这却触发了妞妞最后的反应。

她仿佛被吓到了，身子一抖，小脸上露出了害怕的表情，然后向后一仰——

"不要——"

沈兰发出撕心裂肺的尖叫。五年前，她在同样一声绝望的哀鸣后，就晕倒在地。醒来时，警车已经开到了楼下。

但这次发生的事略有不同。

沈兰毫不犹豫地一只脚踏在飘窗上，另一只脚伸出了窗台，向外猛扑。这次她抓住了妞妞，但是已经为时太晚，她抱着小女孩儿茫然回过头，似乎还不明白发生了什么，和刚冲出书房的董方目光相遇了一刹那，下一瞬，她飘拂的衣裙也从窗台上消失。

董方听到自己大喊起来，跌跌撞撞冲过去，还没到窗前，就听到了一声可怖的闷响。他半个身子伸出窗外，看到沈兰已经变成了很小的一个人影，躺在下面的马路上，一动不动，但衣裙已经染得鲜红，红色还在不断扩大。妞妞趴在她身上，发出了响亮的哭声，似乎并没有受到什么冲击。周围的人开始围过来。在丧失意识之前，董方看到，妻子的脸上挂着一丝若有若无的微笑。

十

在那个雨天，那个白衣女生也曾经变成了那么小的一个人影。

那个决定他们命运的雨天，年轻的董方从女孩身边经过，撑着伞走开了很远，然后怯怯地回头，凝望着细雨中女孩朦胧的身影，终于下定了决心，霍然转身回来。他一脚轻一脚重地在积水中踩了好几脚，越接近那女孩，心跳越快，仿佛要从胸膛里跳到她的怀里一样。他不知道女孩看到他没有，因为根本不敢抬头，心里想着该跟她说什么呢。同学我送你回去？还是我把伞借给你？怎么说才不显得突兀呢？

上台阶时，他还在搜索枯肠想适合的台词，没注意脚下，结果丢脸地滑了一跤，摔得浑身是水，伞也丢到了一边。等他狼狈万状地抬起头，竟发现那女生就站在他面前，朝着他伸出了手，微微一笑。那挂着雨水的笑靥一直烙在董方的脑海里，无论后来沈兰变成了什么样子，那个笑着拉起他的女孩永远烙在他的脑海里。

那一刻，董方知道，沈兰不会从他的生命中消失，永远不会。

没有什么能将他们分开。

董方想着往事，嘴角泛起微笑，打开了家门。妞妞正在沈兰的脚边玩耍，见到他，嘴角弯弯地笑了，有些笨拙地站起身，叫着"爸爸"，跌跌撞撞地向他走来。

董方放下公文包，抱起妞妞，把她举得高高，她发出兴奋的尖叫。

"小心点，"沈兰在一旁嗔道，"不要摔了孩子！""哪会呢！"董方笑着放下了妞妞。沈兰神秘地说："哎，你有没有发现？""发现什么？"董方问。"她会走路了呀！昨天最多还走两三步呢，你看今天她走得多好！"沈兰说。

"是吗？"董方放下妞妞，她马上绕着他们走了起来。她的确会走了，神气活现地给他们表演，不过她的膝盖还不能弯曲，姿势滑稽得就像一只企鹅。走不了几步就摔了一跤，好在下面是地垫，摔得不重，她随即爬起来，哼了一声，甩了甩手，继续歪歪扭扭地走着。

沈兰笑得前仰后合，董方也笑了，说："这孩子运动细胞发达，长大了说不定能为国争光。"

他们一起给妞妞洗了澡，又一起喂她吃了奶，然后带她上床睡觉。妞妞喝了奶，又跟他们玩了一会儿，一会儿转到爸爸这边，一会儿又去拍拍妈妈，终于慢慢闭上了眼睛，长长的睫毛垂下来，依偎着父母睡着了。沈兰看了一会儿手机，和他说了几句话，也关了灯，闭上了眼睛。只有董方在黑暗中还睁着眼睛，听着沈兰的呼吸从不规律渐渐趋于均匀悠长。

等到沈兰和妞妞都睡着了，他悄悄坐起身，把她们的身子翻成俯卧，打开她们的后脑勺，取出电池，拿去充电，又换上了新电池。母女俩恢复了细细的呼吸声，伴随着她们温馨的气息，董方也惬意地闭上眼睛，进入了梦乡。

冷湖之夜

王诺诺

青稞酒，多少年没这么喝了？

冯时晃晃悠悠地从招待所出来，边走边想。自从十五岁离开冷湖，就再没好好见过大漠孤烟；当二十岁离开青海，就再没好好喝过青稞酒。

他把生意做到了上海、新加坡和伦敦，在相隔万里的酒桌上喝过啤酒、红酒、白酒、鸡尾酒，有的一口闷，有的细细品。但没有一种酒像家乡的青稞酒，浑浊灰白，有苦有甜，不知不觉间就能把他带回童年。

他扶着门框松解领扣，抬头看见月亮，索性就借着月光和酒劲儿出门，把屋里的一桌人抛到脑后。

街上没有人，影子就是唯一的同伴，但冯时记忆里的冷湖不是这样的。在他小时候，镇上住着近十万人，工会隔三岔五组织看电影，孩子们玩斗鸡，抓羊脚骨，好不热闹。现在，这里只剩区区几百户。就在今天上午，他回了趟学校，看了曾住过的校舍，因太久无人使用，屋顶塌了一半，连带他的课桌、他的青春一起埋在了那片土黄色里。

街上只剩下风了，越来越大的风，唯独这风他熟悉，夹杂着细碎的富含钾元素的粉末扑面而来，是咸的。

二十世纪六十年代，柴达木油田年产原油近三十万吨，占全国总量的百分之十二。因此，一座石油城就在这无人区生生地冒了出来。但自从1978 年地中四井停止产油，小镇便萧条下去。工人多被抽调到大庆油田、胜利油田支援建设，还有人为了营生各奔东西，就像这里的沙砾一般，风一吹，就消散在岁月深处，无踪可觅了。

冯时是在二十世纪九十年代离开冷湖的，他很有商业头脑，下海创业后，将青海的钾肥卖到了全球各地。如今，作为成功民营企业家，他受邀回到故乡——能源型小镇因为能源枯竭，于是谋求发展第三产业，希望他能牵头投资几个项目。

但冯时也是一个精明的商人，他比谁都清楚，冷湖地理位置特殊，向北驾车到敦煌四个小时，向东驾车到德令哈要六个小时，而在这十个小时的路途中，有高大齐整的风车农场，有连绵起伏的山脉，也有亘古不变的沙海，唯一缺少的便是人烟。走几个小时愣是见不到人影，这样的地方，在中国还真是不多见！他在心里掂量了一下项目的难度、投入和预期的回报，不由得打起了退堂鼓。

刮来的风渐渐大了起来，逆风行走开始变得困难。冯时再一抬头，刚才明朗的月亮不知何时已被云翳遮蔽，根据以前的经验，冯时判断可能有一场沙尘暴要来了。

他想原路折返，但招待所的灯光却看不见了。脚底的触感变得粗粝而不规整，也许自己已经偏离了马路。一阵狂风袭来，冯时猫起腰想抵御气流对躯干的冲击，口鼻还吸入好多沙子，迷了眼，不住地流泪。

等他再睁开眼睛，发现前方的一片混沌中隐隐有一幢小楼。显然不是招待所。为了迎接贵客，招待所向来是灯火通明。而这幢小楼却只在窗边点起一盏豆灯，不像日光灯，也不像白炽灯，幽暗得仿佛一口气便能吹灭，但身处几百米风沙以外的冯时却看得一清二楚。

冯时顿时觉得十分诡异。但他明白，戈壁上的黑风暴移动速度可达十八米每秒，在原地干耗显然不是最优解，只得硬着头皮向前走。

黄沙把人的视野糊成一片灰黄色，即使挨得很近，也看不清那幢小楼的全貌。它的大门倒是令人印象深刻，冯时的掌心刚碰到门的边缘，就感到一阵细微的电流。他迅速缩回手来，看见自己的掌纹在刚刚触摸的地方闪烁了一下，门咔的一声，开了。电子合成的机械男声响起：

"冯老板，欢迎回来，我们在此恭候多时。"

冯时听完不禁皱眉，老板？谁是你老板？这还没说要投资呢，怎么语音系统就被设置成了这样……难不成，连电子锁都学会维护投资人关系了？

他环顾四周，尽管门禁系统很先进，小楼内部却简陋异常。进了玄关只见一间庭室，除了四把椅子、一张桌子，还有桌上的零散茶具纸笔，空无一物，实在不像有人居住。

怪了，没人住，这屋子怎么又亮着灯呢？

正这么想着，门从外侧被推开了。

风沙里站着的身影显得格外单薄，来人穿着少见的宽袍大袖，摘下披盖，居然还是个光头。

"叨扰了，小僧乐傅路过此地，苦于风沙太大无法前行，能否入内一避？"

"竟然是个和尚，怪不得穿成这样……"冯时小声嘀咕了一句才招呼道，"其实我也是在这儿躲沙尘暴的，快进来坐吧，等风停了再说！"

"多谢施主。"和尚走进房内，看那几把木头椅子，仿佛是在端详什么新鲜玩意儿，好一会儿才学冯时那般坐下。

冯时顿生疑惑，据他所知，冷湖附近并没有寺庙，飞沙走石的此刻，在这种地方居然遇到一个和尚——该不会是假和尚吧？

然而和尚并没有主动搭讪，眉目和善清秀的他只是微微笑着，闭目养神。倒是冯时被突然的沉默弄得有些尴尬，当他正准备说点儿什么缓解尴尬的时候，门外又传来一阵急促的脚步声。

"可算是有救了！屋里有人吗？！"是个大嗓门，话音刚落，门就被粗暴地推开，寒冷的狂风猛地灌进来。冯时起身，目光对上门外一个高大男人。

男人的穿着和冯时的西装革履形成鲜明对比：一双解放鞋，背着个帆布大包，脸上的胡茬让人猜不出年龄，身上的军绿色风衣似乎长时间没有洗过，裤脚和袖口都有着油腻的污渍。

"老乡！我能进来躲躲吗？风实在太大了！"他喊道，声音竟盖过了风声。

"进来吧。"

冯时心想，估计这就是个流浪汉，或者是被人骗了的驴友吧。现在屋子里有三个人了。

刚进屋的人很健谈："唉！跟大部队走散了，又赶上沙尘暴，幸好遇见你们。哦，还没自我介绍！"他清清嗓子，摘下手套向冯时伸出手，握了一握，冯时几乎立刻察觉到他手上有厚厚一层茧子："我叫杨献，青海石油地质普查大队的，到这儿来是为了完成测量勘探任务。这位同志，这里可是无人区，你待在这里……应该也有组织布置的光荣任务吧？"

冯时心里冷笑一声，这人穿得如此寒酸，语气却拿腔拿调的。他又看了一眼那和尚，果然，和尚也是一愣，显然不适应他说话的方式，但出家人的那股云淡风轻很快又占了上风：

"沙门乐傅，来此地也是机缘，风沙正紧，多谢这位施主收留我暂避。"他朝冯时和杨献分别颔首。

"我叫冯时，就是冷湖本地人，在这儿长大的。你俩不用担心，这种程度的沙尘暴不算稀奇，估摸着后半夜就能停了。"

"嗯？冷湖本地人？"杨献疑惑地问，"你是说……这儿叫冷湖？"

"是啊。"

"不对啊……海西柴达木腹地，自古以来就是无人区，哪儿来的名字？又哪儿来的本地人？"杨献狐疑地挑起眉毛。

没等冯时解释，门又开了。迎着灯光，三人看清了门外的陌生人，他的五官格外立体，衣料上的纤维好像带着静电，四下炸开。看到屋内的人，陌生人似乎也吃了一惊，随即自言自语道："糟了糟了糟了，地球上居然真的有人？难道跃迁引擎这次……把我送到未来的地球了？"

陌生人边自言自语边往屋里走，没有征求任何人的意见，径自坐下。现在，房间内的四把椅子都坐上了人。

"抱歉，三位，我的计时器和定位装置都出故障了。想问一下，这儿是哪里？"

"海西冷湖镇。"冯时说。

"柴达木盆地北部的无人区。"杨献说。

"大凉沙州。"乐傅和尚道。

三张嘴同时说话，给出的答案却完全不同，三人听闻也面面相觑。

新来的人继续问："那么……现在是哪一年？"

"2018 年。"

"1954 年。"

"建元二年。"

"哎……看来跃迁引擎启动的时候，还是造成时空扭曲了！"陌生人抬手揉了揉太阳穴，一副头疼的样子，"抱歉，各位，我来自火星。准确地说，在你们的概念里，是远古时代的火星。我的跃迁引擎出了一点问题，似乎引起了时空涡流……"

"火星？"乐傅和尚问。

"就是这一颗。"刚进来的人衣服上的纤维忽然变得服帖柔顺，布料变换了颜色，成为一块屏幕，清晰显示出火星的样貌和它在天空中的位置。

"哦……那便是荧惑。荧荧火光，离离乱惑。不承想，星辰之上也是仙人的所在。"乐傅淡然道。

"我可不是什么仙人，和你们一样，是人。"他想了一下，又改口道，"不过，我生活在你们的过去，算是你们的祖先，而且火星文明确实远超地球文明的水平。所以，称我为仙人……似乎也没什么错。"

冯时不禁嗤之以鼻："火星人？兄弟，你是在演戏吗？这剧本也太烂了，破绽百出，你不是计时器坏了吗？那你怎么知道我们是在你时代之后的人类？"

"因为这显而易见啊。自从我们第一次用望远镜观测地球，这里就一直是一片荒芜。即便后来向地球发射了登陆车，采回的土壤样本里也没有生命存在过的迹象。而现在，你们出现在地球上，还跟我长得一样……唯一的合理解释，就是在未来，生命播种计划取得了成功，地球沿着火星的进化之路诞生了新的文明。"仙人对冯时说道，语气就像是在解释一加一等于二。

"等等等等……你们播种了地球？你的意思是，最早的生命起源于火星？"

"是啊。火星与太阳的距离适中，公转一周六百八十七天，四季分明，矿产丰富，生命就起源于全太阳系海拔最高的奥林匹斯山脚下。至于地球……虽然有着和火星差不多的自转周期和自转轴倾斜角，但这儿没有液态水，飞沙走石，不像火星处处鸟语花香。"

"火星鸟语花香？地球飞沙走石？怎么跟我的常识刚好相反……"

"这儿不就是飞沙走石吗？"仙人指指窗外，隐隐能看到巨型雅丹群的轮廓，风从天然形成的土堡间呼啸穿过。

冯时反驳道："冷湖是个特例，地球可不是到处都这样的！事实上，火星才是不适宜生命生存的地方，近地大气只有地球大气百分之一的密度，而且饱含二氧化碳，昼夜温差巨大……"

面对这个夜晚发生的种种诡异事件，冯时感到烦躁不安，习惯性地把手伸向西装内兜，摸出一包烟来，但发现自己的打火机忘在了招待所。

"乐傅师傅，有火吗？"冯时把烟叼在嘴里问。

"小僧云游四方，难免风餐露宿，自然是备着的。"和尚说着从袖中掏出一块扁形的物件递过来。冯时被冰凉的触感一惊，连忙接过来在手中端详，那是一把朴素的火镰，仅在一块长形金属的两端锻造了个环形，拴着粗糙的皮夹以贮存火石和艾绒。

这哪儿像二十一世纪的工业化产品！

这时，只听勘探队员杨献对他俩厉声道："不要胡闹！这一片的地下构造尚未探明！我们很可能就坐在天然气和石油田上面，在这里点火，是想找死吗？"

杨献近乎歇斯底里地呵斥，一点没有开玩笑的样子，冯时又瞥了一眼手中明显来自古代的火镰，终于无可奈何地掐了烟，一副缴械投降的样子，向"仙人"问道：

"好好好，就算你是火星人，就算你是我们的祖先。能跟我们说说，为什么我们会遇见？你刚刚说的那个跃迁引擎又是怎么回事儿？"

"在我生活的时代，火星的开发已经饱和，我们不得不向深空进发。跃迁引擎就是一项太空航行的划时代发明。引擎启动的三个步骤看似特别简单——压缩空间、制作虫洞、穿越虫洞，但是虫洞的存在极不稳定，这次穿越它时，就引发了时空涡流。我连带着机器一起，抵达了地球上某个不稳定的时空中。至于你们……你们三个正好出现在冷湖小镇附近，就被牵连进来了。不过，不用担心！依照我过往的经验这只是暂时的，过一阵子就会恢复正常。"

杨献忙问："一阵子？那是多久？"

"快的话可能就一会儿，慢的话……"仙人面露难色，身上的衣服也随着他情绪的波动变成了忧郁的深蓝，"慢的话……那就不好说了。"

"那怎么行？！"杨献一把将棉线劳保手套甩到桌上，"再这样拖拖拉拉下去，我们632地质队的任务岂不是要耽误了！"

"等等，你说你是632地质队的？"冯时打断道。

"对，我是632大队的。"杨献自报家门，脸上露出自豪的神色，"为了适应工业建设的需要，我们解放军第19军第57师改为石油工程第一师。战友们脱下军装，穿上工装，放下钢枪，拿起铁锹，632大队就是其中最光荣的一支队伍。"

从小在冷湖长大的冯时，对632这个编号实在是再熟悉不过了。当初正是这支队伍在冷湖发现了含油的地质构造带，才有了后来数万石油人进驻荒漠深处的壮举。

"你……不用那么着急，石油就在那里，又不会跑。"

"话可不能这么说。仗才刚打完，帝国主义就虎视眈眈，只有造出汽车大炮，才能获得下一阶段斗争的胜利。而发展工业，不能没有石油！可直到现在，我们还没找到具备开掘潜质的地质构造带……今天又被困在这里，如果因为我耽误了勘探任务，这该怎么办？"

乐僔和尚微微欠了欠身："小僧见识粗鄙，不知诸位所言'石油'乃何物，但因以身事佛，有一事却格外明了——有所求，求而不得，乃八苦之一。你我皆肉体凡胎，莫说所求之物落在大漠黄沙间，即便近在咫尺，若无缘亦是求不得。我曾遇见一位龟兹高僧，名曰罗什，他所译《金刚经》有云，一切有为法，如梦幻泡影，如露亦如电，应作如是观。如此，施主不必太过介怀。"

"你一个出家人，超脱三界外，不在五行中。操心的事无非是经文佛法，修为够了就成佛成菩萨，怎么可能明白！"

乐僔神色一暗，似被戳中心事："我自三岁出家为沙弥，二十岁受足二百五十戒，成为一名比丘，本想以一生修习佛法，暮鼓晨钟也就罢了……谁知，乱世之中，佛堂亦非清静之地。"

他站起身，面对窗外的狂风，缓缓道："赵国国灭十二载有余，辽东慕容氏、河西张氏、吉林高氏，分镳起乱，北方再无宁日。南方又有晋朝廷，昏懦无能。一时哀鸿遍野，饿殍载道。流民拥入寺庙，奉上祭献长跪至天明，但到头来……"乐僔垂下脑袋："求家人团聚的，落得卖儿鬻女；求乱世保身的，落得颠沛流离，唯有……佛龛香火缭绕如旧。佛说，西方佛土无有众苦，但受诸乐，故名极乐。如此，何故又有这秽土，令苍生受苦？！小僧愚钝，这一事竟无法参透，故拜别师父，湖海云游，以期寻找到现世的净土。"

杨献点头，向乐僔问道："哦……所以那个净土，你找到了吗？"

"不曾找到。我四处拜访高僧大德，听禅讲经。曾在太行山遇见慧远，他将希望寄托于往生；在襄垣见过法显，他将成文律藏视为求解世间万难的法门。但这些都无法回答我的问题——现世究竟是否存在净土？如何才能在世间获得善果与快乐？"

乐僔和尚的问题一时无人能答，静默中，时间仿佛凝滞的胶体，压抑得众人呼吸凝重。

好在屋内灯光是温情的，火星仙人拿起桌上的壶，又倒了四杯茶，分别递给在座的每一位，长叹道：

"太难了！如何让所有人获得快乐……这个问题即使在火星，我们也没有答案。所以我劝你啊，还是别找了！"

乐僔苦笑着摇头，呷了一口杯中的茶水。

冯时对仙人疑惑地说："嗯？你不是说火星科技远超地球，你们还有什么可烦恼的呢？"

"正因科技发达，才知道自己的渺小；正因文明成熟，才在宇宙中感到寂寞。除了在地球进行播种，我们还想向太阳系外扩散。每一艘载有跃迁引擎的飞船上只搭载一人，但跃迁引擎很难确定虫洞那一端连接的时空，我们面对的，是一次又一次像今天这样的失败，这种孤独感是无法言喻的。"

"一个人？都说团结力量大，为什么每艘船只有一个人？"杨献问道。

"这样可以降低探索成本，让文明有更多扩散的机会。一旦找到适宜的星球就培育胚胎，利用飞船搭载的物资改造环境。但这谈何容易呢？谁也没法保证我们能找到这样的星球。多想有人可以告诉我们，这样一次次的尝试究竟是不是徒劳……"

"不是徒劳。"乐傅坚定地说道。

"嗯?"仙人一愣,"你也懂星际航行?"

乐傅摇摇头:"小僧不懂,只是想那星辰之间,必是极为宽广、极为荒凉。而我所知道最为荒凉的所在,是白龙堆沙海。玉门以西,广袤五百里,白沙如雪,荒无人烟,是去往龟兹的必经之地。我曾独自路过白龙堆,那里沙质极轻,狂风吹过,沙砾遮天蔽日。偏那一次又遇上羊角风,本以为命不久矣……"

"白龙堆沙海?"杨献惊道,"乐傅同志,难道你一个人穿越了罗布泊?"

乐傅点头:"小僧想着,一粒沙虽小,可立于指尖,亦可千万粒聚合成沙海;脚下一步虽短,但只要方向确定,千千万万步终能把我带出沙海。果不其然,我不但走出了沙海,还在今晚遇到了诸位。"

"千千万万步……你们这种程度的文明能有这样的见解……虽然感觉挺笨的,但……"仙人若有所思,身上的衣服变成了一张浩瀚星海的图案。

杨献说:"乐傅同志,你说得确实有道理。我们响应时代和祖国的号召,来戈壁勘探小半年了,一队骆驼两条腿,难道还怕苦吗?哪怕凭着罗盘加榔头,把沙漠翻个底朝天,我们也要找到石油!"

"呃……其实,我知道石油在哪里。"冯时突然说。

是的,冯时实在太清楚了,年幼时他就坐在工程师父亲的肩头看过油田。那时,冷湖五号地中四井一片热火朝天,"磕头机"有规律地在盐碱地上打着拍子,将石油源源不断从地底抽出。而油田的远处停放着油罐车,它们静待把抽出的原油运到玉门、兰州进行炼制。

"什么?你知道石油在哪里?!"

"我知道。但我也希望你明白……虽然冷湖油田曾有日喷原油八百吨的盛况,但到了我生活的时代,原油还是被开采完了,到最后小镇日渐荒凉……"

"你说什么？井喷？日产高达八百吨？！"

"是的，三天三夜的井喷之后，工人在地中四井周围筑堤储油，原油在戈壁上汇集成湖。一群路过的野鸭还误以为那是淡水湖，想落下歇脚，结果统统被原油粘住了翅膀。只是那样的光景没持续太久……三十年后，资源枯竭，油井纷纷废弃，冷湖镇又重归萧寂。如果早知耗费毕生心血建造起的城市和油井短短数十载就化为黄土，还有谁愿意去大漠深处奉献一生呢？"

虽然冯时说得很感慨，可杨献似乎根本没有听进去，依旧沉浸在兴奋之中："快告诉我，那个地中四井在哪里？我出发之前，曾与战友们共同宣誓——志在戈壁与祁连同在，献身石油与昆仑并存。找不到石油，我们绝不回去！"

冯时听到这誓言微微一怔。因为他清楚记得，在冷湖四号的东南角有一块墓地，埋葬着勘探和挖掘石油时死去的人，四百多块墓碑，全向着东方的故乡。小时候，他常与同伴在墓地里探险，他的手指曾细细触摸过墓碑上的一句句墓志铭，虽然刻痕被风沙剥蚀，但不知怎的，那成了冯时童年最深刻的记忆……

"你刚刚说，你叫杨献？是羡慕的羡，还是宪法的宪？"

"奉献的献。"

冯时不自觉念出声来："'杨献，1919—1955，志在戈壁与祁连同在，献身石油与昆仑并存'——那墓志铭竟然是……"

他心底泛酸，眼前健壮的青年，竟然已有既定的命运等待着他。

杨献丝毫不明白冯时在感伤什么，只是自顾自地说："原油总有枯竭的一天，人也有死去的一天，最重要的是在他活着的时候，为理想奋斗。冯时同志，我能想到最崇高的事情，就是为祖国的石油工业建设献出力量！只有这样度过我的一生，才能做到像奥斯特洛夫斯基说过的'当回忆往事的时候，不会因为虚度年华而悔恨，也不会因为碌碌无为而羞愧'！"

杨献身上有一种存在于过去时代的东西，冯时曾经在他父辈那里见过的东西。他思考了一会儿，拿起桌上的纸和笔，边画边解释道：

"当金山以南有一个半咸水湖，游牧的蒙古人叫它'奎屯诺尔'，意思是冰冷的湖。见到湖，再往东南十多公里，在这里，你们可以打出丰产油井——地中四井。除此之外，从冷湖湖畔开始，有连成片的可开采地质构造带，自北向南分别是冷湖 1 号、2 号、3 号……7 号……"

杨献接过那张地图草稿，凝视良久，随即又将它叠起，如对待珍宝般小心翼翼地塞进风衣内袋里。

"祝贺杨施主，得偿所愿。"乐僔笑道。

杨献向乐僔勉励道："谢谢！乐僔同志，你也要向着目标努力啊！对了，至于你刚刚提到的那个净土……我不知道什么是净土，也不知道什么是世人的安稳快乐。我是个石油工人，只知道最大的宝藏、最大的奥妙就在地壳中，就在石头间！只要我们找准地方打个洞，一直向里挖，宝藏自然就会出现，人民就会获得快乐的生活！要不……你也试试？"

这番喜悦中带着些傻气的话把冯时逗笑了，乐僔和尚却听得入了神，自言自语道：

"奥妙就在石头里……打个洞深挖，世人就会获得……快乐？！"

夜越来越深，温度也下降至冰点，屋内却交谈甚欢，仿佛这一隅方寸独立于寒冷与狂风之外。四个陌生人围着一团灯光，身份迥然不同，心怀相去甚远的夙愿，但这场沙尘暴便是连接他们各自故事的纽带，是时空巧妙而又柔软地打出的一个结。

就在屋内的人语逐渐高昂的时候，一道光亮在天边闪过。窗外一阵亮红，眩光令四人一愣。

"怎么回事？"仙人边说边推开门往外跑，"这是……时空快要恢复正常了！"其余三人听闻，紧紧跟了出去。

门外的风沙已经停下了，映着微弱的曦光，冯时看清近处横着一个一层楼高的纺锤体，外立面和仙人的服装材质十分相似，估计这就是搭载跃迁引擎的旅行装置了。昨晚的沙尘暴并没有令它的表面沾上一粒黄沙。

"看着很有科技感，但这实在不像会飞的样子……"冯时咕哝着。

仙人将自己衣服的一角与纺锤体相连，转眼就与它融为一体，整个外立面变成了屏幕，飞快跳闪着各种数据。

冯时猜想这也许就是火星人读取数据、维修装置，乃至处理人机连接的方式。屏幕最后定格在一串数字上：1018324。火星仙人急匆匆与纺锤体断开了连接，向远观着的三个人跑来。

"怎么了？时空能恢复正常吗？"

"能。一会儿我们四个就会回到各自的时空里。"仙人皱着眉说。

"那你怎么一脸不高兴？都是大老爷儿们，还不舍得了？"杨献打趣道。

"因为我的计时器修好了。没想到我的猜测是错的！你们生活的时空不在我之后，而是在我之前！一百万个火星年，也就是两百万个地球年之前！这也就意味着……"

冯时接道："这意味着……你根本不是我们的祖先；相反，是地球人改造了火星，播种了火星，让火星沿地球的生命之路加速走了一遍！"

仙人极不情愿地点了点头："是的。但无论如何……火星上的我们从未观察到地球上存在智慧生命，地球也变成了不适宜居住、一切生命痕迹都不存在的地方……这究竟是为什么呢？"

"此间生灭，有'成住坏空'四劫。"乐傅合掌闭目道。

"乐傅师傅的意思是……在播种火星后，地球上发生了灾难？灾难大到彻底改变了地球的生态，抹去了一切人类存在的证据？"

"能够彻底消灭地球文明的力量……究竟会是什么呢？"冯时不禁有些感伤，自己生长的家园，不仅是冷湖，就连地球，也难逃昙花一现的命运。

"不论那力量是什么，它正是我们需要进行文明播种的原因！生命太过脆弱，只有开拓边疆，备份文明，才能够让人类在宇宙中存续下去……"

"所以，只有我们地球人的后代播种了火星，文明才能逃过一劫么……"冯时喃喃道。

"是的，而且只有我们火星人播种了其他星球，人类文明才有未来。"火星仙人好像突然想起了什么，对乐傅说道，"谢谢你的启发，沙砾和沙漠的比喻，我记住了，你能独自走过白龙堆沙海，那么我也能一个人找到适合播种文明的星球。"

乐傅听罢，道："而我要感谢杨献施主。"

"我？"杨献不解。

"你说世上的奥秘和世人的快乐就在石头里，找准地方打个洞向深处挖掘，就一定能找到。此乃小僧听过最玄妙的禅机。般若原不在外物，明心见性有悟，那双目所及、双手所造，皆是净土。我既见众生苦，那便觅一处山岩，凿出千千万万个洞，洞内塑出千千万万座佛像，洞壁以矿石颜料绘出净土之景象，将极乐以经变示以众人。画像务求华美动人，让世人看后心情愉悦，也让后人永远铭记，无论是盛世、乱世，只要内心平静，那便身处净土。"

杨献对乐傅的话一知半解："乐傅同志，你可别谢我，我就说了几句俗话，也没做什么。不过我要感激冯时同志！多亏你告诉了我油苗在哪里，我们石油工业的胜利指日可待了！"

"那是应该的……"冯时草草答应道，"我是一个商人，今夜经历的一切都不符合商业逻辑，也不符合客观规律。但多亏你这个火星人，我也找到了答案，关于人类文明的答案。我决定要在冷湖建一座航天城市，虽然这将是一项跨越数代人的大工程，但在未来，它将是地球向火星进发的基地，嗯，名字已经想好了，就叫'冷湖火星小镇'。它将成为地球向火星播种的第一步，也是我们向宇宙备份扩散的第一步。"

"火星小镇？"

"对，冷湖火星小镇。"

"你转过身看看。"杨献指向冯时的身后。

冯时转身，此时天已亮了大半，晨光里的一切都像是被浸润在金色的液体中，因为土壤含盐量过高，太阳倾斜照射时，地面析出的盐结晶反射着一片广阔又灵动的闪光。

而在这一片美好的底板上，是一座小镇。

它不大，建筑也不算华丽，但它却实实在在伫立在戈壁滩上，像一个守望火星的孩童。

"是叫你抬头看！"杨献又道。

冯时应声抬起头，在小镇的入口处，也就是他们待了一夜的那幢小楼的门楣上，挂着一块不大的招牌：

冷湖火星小镇欢迎你

"火星仙人，快帮我看一下！现在……不，我们四个待了一夜的这个时空是哪一年？"冯时的目光依然停在招牌上无法移开。

"地球历吗？"

"对对！"

"公元 2022 年。9 月，9 月 15 日。"

这时，天际间一道似曾相识的红光再次闪过。紧随其后，又有红光从一个小点晕开，在整个天边慢慢扩散。

"时空涡流要消失了……我们都要回到正常时空里了！"

杨献向众人挥一挥手，只留下一个背影："这光我眼熟！油气苗露头着火了，远看就是这样，好兆头啊！我要带上战友们照着你给的地图去一探究竟！"

乐僔合掌微微躬身："在小僧眼里，那光便是万丈佛光。光的方向似是西北边的敦煌……我要去那里开凿佛窟，塑画佛身，为世人打造尘世净土，再莫有更高的追求了。"

"等这光消失之后，我就要进行下一次跃迁了。"仙人顿了顿，"我也得快点找到靠谱的星球，人类文明的未来，说不定还在我的肩膀上呢。"

然后，光就消失了，一同消失的，还有那座火星小镇。冯时来不及记下小镇的细节面貌，却记得在它消失的那一刻，小屋里又传来一句机械合成的男声："冯老板，一路平安。我们将在此继续恭候您！"

老板？冯时心里默念了一下，霎时全明白了。果然，面对无尽时间与无尽空间里的所有困惑，只有人类自己能够给自己满意的答案。

小镇消失后，冯时发现自己处于一片雅丹之中。雅丹本是湖底的沉积物，湖床干涸外露地面后，被风和流水侵蚀，形成了无数的巨型黄色土像，绝对静默地等候在岁月的边际。

它们又在等着些什么呢？

冯时一边想着，一边沿原路回到了招待所。

投资人在酒席上离开，又赶上夜里的沙尘暴，镇上大部分成年人都出去找了一夜。但这一夜，冯总就如同凭空消失一样，在夜色和风沙里不见踪影。

早上太阳升起的时候，精疲力竭的人们纷纷回到招待所，却看见了令他们难忘的一幕——

昨晚的残席还没来得及收拾，冯时坐在餐桌一角，手中翻着一份新打印出来的合同。晨光照在他的脸上，脸色好得完全不像一个一夜未宿之人，反而像是对即将展开的项目充满期待。

"冯总，原来您在这儿！昨晚您去哪儿了？"

"冷湖的开发项目，我决定注资。只是……我看了一下合同，有个地方需要做一些修改：一期建筑的工期结束时间，能不能放在 2022 年 9 月

15 日以前？"

"2022 年 9 月 15 日？这是为什么？"

"因为那天，我要在这儿招待几个朋友！"冯时笑道，他随手抄起一个杯子，给自己倒了一杯酒，一饮而尽：

"哎！青稞酒，多少年没这么好好地喝了！"

济南的风筝

梁清散

不得不承认，我在看文献时，总会被所谓的情绪化因素所干扰。显然这是极不专业的表现，但本来我也不是什么专业人士，没有谁会对我这样的人提出什么过高的要求。

当我看到一百多年前的一起不大不小的济南爆炸案时，我便完全陷入了那种不专业的情绪之中。

1910年山东济南北部，泺口地区的一家名为泺南钢药厂的小型工厂发生爆炸，连带周边几家工厂，发生连续爆炸，殃及周围村落造成包括在厂工人在内至少五十人死伤的惨案。原本应该是震动京城的大事件，但因为光绪帝驾崩之后国事动荡，使得整个爆炸事件完全被国家大事压了下来，逐渐就像爆炸之后的硝烟一样散去得无影无踪。不过，爆炸案过后不久，爆炸案的肇事者还是被当时逐渐正规现代化的清廷警方侦破，肇事者名叫陈海宁，正是泺南钢药厂的技术工人，在爆炸事故发生时当场死亡。之所以确认是这个人，是因为在现场找到陈海宁常穿的衣服上有他特别定制的金属饰品。而爆炸原因也正是这些金属饰品不慎脱落掉入机械齿轮中撞击产生火花，引爆了火药库。

在报道的文字下面还有两张照片，分别是被炸得一片焦黑的泺口，以及那件被烧得不成样子只有一串串金属片挂在胸前位置的衣服照片。

或许正是因为这身衣服的饰品太过奇怪，我终究感觉这个报道极不对劲，肯定还有什么隐情暗藏其中。然而，会是怎样的隐情，甚至于暗藏了什么样的真相，那就需要用文献本有的方法来进行实证了。

我先是将目光注意到"连续爆炸"上。

怎么会发生工厂之间的连续爆炸？在 1910 年的时候，就能有如此密集的高危工厂存在？不过，当我检索了当时济南泺口地区的工业相关文献后，发现这是有可能的。

实际上，济南泺口地区早已就是清朝末年的工业重镇之一。早在 1875 年，在这个地方，就由时任山东巡抚的丁宝桢邀请当时著名的科技人才徐寿之子徐建寅一同建起了后来影响一时的山东机器局。从那时起山东机器局就已经定下来它随后几十年的发展方向：军工和火药的研制与生产。

那是光绪初年的事，再到光绪末年，济南泺口这一带已经完全生发出了军工火药生产的传统。不仅仅是山东机器局，在其周边也都是大大小小的工厂怀抱大清国可以重回伟大帝国的梦想，在日日夜夜生产着黑火药。虽说绝大多数小型工厂都根本没有留下记载，但总体上那里的规模还是可见一二的。诸多黑火药工厂，到底采取了多少安全措施，抑或有没有安全防范的基本能力，恐怕都是否定的。就连徐建寅本人，也是在研制无烟火药时发生意外，爆炸殉职，是年 1901。

要更多的枪支大炮，就要有更多的高效火药供应。恐怕在大清国的最后一年里，整个济南都已经弥漫着浓浓的未燃火药味。在济南城的北边，一大片土地被济南特有的圩子墙围起，墙内正是因为徐建寅意外身亡后逐渐没落的山东机器局。而在圩子墙外，大概不会太远，便都是簇拥挤满的小工厂，甚至于不应该称之为工厂，而只是一堆堆黑火药的简陋作坊。

实在可惜的是，那个时候的摄影技术相对太过昂贵太不普及，留存下来的相关照片更是少之又少。我在自己惯用的数据库里翻了很久，只是找到一些山东机器局的照片。这些照片绝大多数都是在山东机器局的正门，拍下那个在匾额上写着"造化权舆"四个大字的圩子门，和门前那些面对硕大的相机镜头还很惶恐不自然的人们。我找不到任何小作坊的照片，更没有可能通过影像资料研究明白当时的黑火药作坊的安全措施到底合不合理，或者说是有多不合理。

不过，仅从记载中黑火药作坊的数量和泺口地区的工厂承载能力来计算，确实可以判断出当时小作坊们到底是有多么拥挤不堪。连续爆炸，确实有可能发生，不能成为疑点。

除去这一点之外，再无更多线索。恐怕需要从其他的文献中继续探寻，那么唯有一个"陈海宁"的名字，可谓检索的关键词。

令我惊讶的是，没想到以这个名字在一路检索到三十年前，也就是1880年时，竟就真的有所收获。"陈海宁"这个名字，出现在一个大名单中，名单为1880年山东机器局的新入职人才和职位。

竣工于1879年的山东机器局，在第二年入职了一批可以称得上是官位低微的技术官员，陈海宁看来就是其中一个，而他主管的是机械制造。由此可见，陈海宁不仅不是一个毫无常识而造成惨剧的冒失鬼，还是一个山东机器局的元老级技术人才。

这下确实有意思起来了。

不过我还是要更加谨慎，虽然地点上的重合度很高，但也不能排除这是一个同名者。我必须再找到更多更充足的关联性证据。

可是接下来的检索就完全没有这么顺利了，我所使用的数据库可以检索到的有关"陈海宁"这个名字的信息只有三条，除去前面已经搜到的两条之外，还有一条是要比1880年还要靠前一年，也就是1879年，报道说在上海的江南制造总局有一批徐寿的学生毕业（或者可以称之为出师），毕业学生名单中再次见到"陈海宁"。

陈海宁这个名字在清末的历史上出现过三次，而其中有两次只是出现在看似并没有任何个人信息透露的大名单中。多少有些令人沮丧。两次名单里出现的陈海宁倒可以基本确定是同一个人。因为徐寿正是徐建寅的父亲，中国第一代的本土船舶专家，在机械设计制造方面有着相当的成就和开创性。身为徐寿的学生，学来的一身机械设计的本领，去了徐寿的儿子一手筹划建成的山东机器局，担任机械制造方面的职位，完全合乎逻辑。

然而，问题仍旧是在于这个徐寿的学生陈海宁和三十年后造成济南泺口连环爆炸案的陈海宁，到底是不是同一个人，仍旧没有找到任何直接的证据。

再继续检索下去，也是无济于事。

我无奈地将自己的数据库网页关掉，打开了邮箱，将我所检索到的三条信息做成附件，在收件人地址栏中熟练地敲上了邵靖的邮箱地址。

邵靖是我的大学同学，算得上志同道合的好友，不过他是一路深造，后来到了历史档案馆工作，我则一如既往不务正业，卖着些不入流的故事勉强生活。幸好他倒没有嫌弃我，多年来一直与我保持着默契的合作关系。一般来说，我几乎都不需要做什么解释，只要把自己检索到的材料一股脑儿发给他，他就能立即抓到我所想要的重点。

在我正准备点击发送邮件时，迟疑了一下。虽然说这家伙一直对我们这种猜哑谜一样的交流方式乐此不疲，但似乎他现在正在给他的单位筹办一个什么全国性的学术会议，大概办各种手续和写各种申请表已经让他焦头烂额。我干脆还是体贴他一下，不做这一层的猜谜游戏直入主题好了。

我将刚才自己所做的推断全写到了邮件正文中，并略微撒了个谎说正好自己想写一个相关小说，所以才留意到这些。

如此名正言顺的邮件，我甚至忍不住欣赏了片刻才点击了发送。

顶多只是过了十分钟，邮箱就提示收到了新邮件，我根本不用猜就知道一定是邵靖的回信。没想到这家伙还是这么迅速，我点开邮件，看到果然是邵靖的回复，并且还看到了两条附件文件。

不过……

邮件还有正文，我瞥了一眼，全都是在嘲讽我……说像我这种人果然就是外行，纯属瞎找，完全没有章法也没有效率。当然我对这种朋友之间的揶揄并不会真的往心里去，同时点击了附件下载。

附件打开后，看到的内容确实让我大吃一惊，我所找不到的图片资料竟被他在不到十分钟的时间内检索了出来，并且这家伙还是在跟我玩着哑谜游戏，他一眼就看出我所收集到的文献中首要缺失的东西。

而且，当我点开两份文献来看时，发现他完全超出了我的检索思路，不得不倍加钦佩。

两份全都是外文文献。我有点头大，但还是硬着头皮来看。

第一份先是报道叙述，下面则是两张不甚清晰的照片。我先看报道，竟是德文，完全看不懂。幸好看报头倒是多少分辨出来，是在当时德国的一份不大不小的报纸，中文大概可以叫作《莱茵工业报》。这就有意思了，《莱茵工业报》这样的报纸，并不是像英国的《捷报》那样在上海的租界办报，只是卖给上海的英国人看的在中国的英文报纸，而是一份真正远在西方卖给西方人看的德国本土报纸。不过，当我看到报道的来源时，大体上明白了为什么这么一份纯西方的报纸会把目光投到了远东的中国大陆。虽然我不会德语，但根据自己可怜的知识储备可以搞明白的是整个报道的信息来源，是出自当时德国最为强悍的通讯社——沃尔夫通讯社——的记者之手。

再看报道的时间，是 1881 年 5 月。也就是陈海宁到了山东机器局的第二年。能在德国本土报纸上看到关于中国人的报道，确实还是十分少有。而再看照片，就更有意思了。

两张照片都是横构图，其中一张大概是因为摄影技术还非常初级，大面积的曝光过度，有五分之三都是一片惨白，鲜有一些模糊不清的线条，努力辨别可以看出是一片面积很大的空场，空场一边似乎还有一些不高的建筑。在空场的中央偏左下，摆放着一台看起来像是将水井口的辘轳架起来的机器，机器旁有一个穿着长衫留着辫子的清朝人，正表情惶恐地操作着那台古怪的机器。而从那架疑似辘轳一样的轴上可以隐约看到一根绳缆，划着优雅的重力弧线直穿整幅画面到了矩形照片的对角线一端。在那里，可以看到一只在画面上失了焦却仍旧能感受到其巨大的风筝，或者说是一组巨大的风筝。

春天的济南，确实适合放风筝吧。我想着北京每年到了春天，只要是广场都会有不少人在放风筝，大概同是北方城市的济南，也是一样了。

我凑近些仔细去看，在高低错落的风筝组下面，有一张座椅，座椅上……实在看不清楚，但隐约还是可以看到有一双腿悬在那里，也就是说，座椅上十有八九就是坐了一个活人的。而在椅子下面，黑乎乎看起来像是悬挂了一块体积不小的秤砣。

再看第二张照片，是两个人一左一右站在一把样子极为古怪的椅子两旁。椅子没有腿，但有零零碎碎好像是什么暴露在外的机械元件垫在了椅面下方。这个椅子想必就是前一张照片里被放到天上的那张，不过，椅子下面的秤砣已经卸掉没有入镜。站在椅子左边的那个穿着长衫的人，也就是在空场上操纵机械的那个，而另一边那位，大概就是飞起来的了。再看照片的背景，两人身后正是写着"造化权舆"四个大字的山东机器局正门。

照片下面写着德语注释，我只看懂了一串明显是中国人名的字母：HAINING CHEN。无疑这两个人中的一个就是徐寿的那个入职山东机器局的学生陈海宁了。我将短短的德语注释逐个字母敲进翻译软件想看个究竟，却只能看出站在怪异座椅右边这位并非穿着长衫而是打扮十分洋气穿着西装礼帽的人是陈海宁，陈海宁在照片中显得年轻又富有朝气，而且毫无当时中国人面对照相机镜头时的那种惊慌恐惧感，泰然自若落落大方。

除了能确定陈海宁的相貌，从翻译软件中只能看明白大概当时的报道称这个怪异的椅子为：济南的风筝。

接下来，我去看邵靖发给我的另外一份文献，是拼贴到了同一个 PDF 文件中的两份报道。两份报道同样是来自 1881 年的报纸，一份是英文报纸《伦敦新闻画报》，另一份是法文报纸《小日报》。不必仔细去看，就能清楚地看出这两篇报道都只是转载了德文那篇的两张照片，根本没有把德文报道中的原文都转过来，特别是这两种报纸本身就是以猎奇的图片为主要卖点，更不用奢望他们能有什么更深的东西。法文我自然也是不懂，只好去看英文报道中照片下面的短小注释。翻译过来只是如此短短一句话：

济南的风筝——清国的奇迹，载人风筝升天。

我有些无奈，虽说在西方本土报道了中国人的事情还放上了两张照片，确实很是不易，但"载人风筝"这种东西，在1881年根本不是什么新鲜前卫的东西，甚至于在中国，也并不稀奇——早在古代，军事上就已经多次运用载人风筝去侦察敌情。唯独略有不同的是，这架载人风筝的座椅确实过于古怪，有很多即便是我这个外行去看都知道十分多余的机械元件。

况且更重要的是，能想到并且真的从外文文献中找到关于陈海宁的报道，这一点确实让我对邵靖的能力佩服得五体投地。但即便如此，报道也只是能体现出那个徐寿的学生一时间受到过西方的关注，的确是相当厉害有所成就，却仍旧不能证明他和泺口爆炸案的肇事者是同一个人。

似乎所有的辛苦都白费，重新回到了问题的原点。

虽说邵靖现在肯定忙得无暇顾及我的问题，但我……还是把憋在心里的东西一股脑都敲进邮件中，不再犹豫地点击了回复发送。

对着电脑大概愣了一个小时，还是没有收到邵靖的回复，也许他正在忙着和哪位教授研讨他们要开的学会的具体日程安排。虽然这次学术会议要在半年后才举办，但以我了解来看，提前半年开始筹办时间上已经是相当紧张难办了。我正在闲极无聊地为邵靖的工作瞎操心，忽然发现手机上早就收到一条信息。打开一看，原来正是邵靖发来的。

我赶紧打开来看，聊天软件的信息自然不会带附件，只是一句话：为何不直接去泺口地方志办公室查查看？

看到邵靖这句话，我顿时眼前一亮，不愧是专业人士，尽管看上去只是匆匆忙忙发来的解决办法，但确实相当对路子，至少在想找出一个略有点历史记载的人的生平上，是值得尝试的。

我立即回复了邵靖一句"谢谢"，便着手直接去一趟济南了。

已经有太多年没有来过济南。依稀记得在中山公园外有旧书店一条街，结果已经早已消失，只剩下路两旁枯燥乏味的居民楼和在冬季光秃秃的槐树。

现在的泺口地区已经没有正在运转中的工厂，就像北京的 798 一样，逐渐将那些有着高高房顶的厂房改建成了还算有品位的艺术园区或者新兴企业的开放式办公场所。原本我有心想转上一转，没准还能找到百年前山东机器局的什么遗迹，可惜因为我完全没有意识到泺口地区距离济南市区有如此远的距离，当我坐着公交车抵达泺口时，时间差不多已经到了下午三点多钟，又因为时值冬季，已然是一片黄昏景象。倒是有一种破败中重生的异样景象，但还是赶紧在地方志办公室下班之前过去为好。

因为邵靖帮了不少忙，提前跟办公室的熟人打过招呼，所以当我到了办公室时，还是有个看起来四十多岁的中年人特意来接待我。我有些不大好意思，但对方非常热情，说听邵靖介绍我正在为了他们的学术会议上的报告特意跑来查资料，感觉特别感动，现在很少能有人为了一次报告做这么多工作的了。

我挠着头就跟着他进了档案室。

他略微交代了一下基本的注意事项，说我是邵靖的朋友，他放心，就离开了。面前只剩下寂静无声的档案目录室，满目全是如同中药房的大型药材柜一样的一排排目录卡柜。

我找到人物志的柜子，再按年代和姓氏拼音首字母排序去找。实话说，在找的过程中我还是有些紧张的，万一根本找不到"陈海宁"的名字，那么大概就等于完全失去线索了，但幸好很快陈海宁这个名字还是在一个半世纪前的目录中让我找到。我拿着目录卡又去找那位信任邵靖的中年人，他笑了笑什么都没说，便独自进到真正的地方志档案保存室里，不一会儿，便把陈海宁的材料拿了出来交给了我。

厚厚的一本编号相符的人物志，我顾不了太多，立即拿到最近的桌子上开始翻阅。因为早就把那张卡片上的页数记在心里，很快就在这本人物志中翻到了陈海宁的条目。

陈海宁的条目就和他的上下邻居一样简单短小毫无修饰。基本上只是用年代和相应的事件描述了他的一生，但这刚好就是我最需要的。

我最关注的自然是两个时间点：1880 年和 1910 年。

让我感到一阵满足感的，这两个时间点上同时出现了我在意的事件：1880 年条目中的陈海宁入职到了山东机器局；1910 年去世，死于泺口爆炸案，并被警方确认为整个爆炸案的肇事者。

靠着简短的人物志，完全解决了我的疑问，那个徐寿的学生和最后被炸死在泺口的陈海宁，确确实实是同一个人。不过，即便如此，还是有更多的疑问没有解决。

我开始通过这份年谱一样的人物志抄录起陈海宁的人生。

在抄录的过程中，我发现在 1880 年到 1910 年之间，这个人的人生也非常曲折有趣。人物志中写到陈海宁赴德国波恩大学留学攻读机械工程，这一点不禁让我惊讶。而时间是"光绪辛巳季冬腊月"，便是 1881 年底。这就非常有意思了，《莱茵工业报》发表陈海宁的两张照片以及简短的"济南的风筝"的报道也是 1881 年，也就是说这次报道不仅仅只是昙花一现的风光，而是预示着陈海宁这个清国人刚刚开始走向世界。我努力回想了一下，大概在那前后，记忆中只有十年前由容闳带着一批天才幼童去了美国，到容闳所留学的耶鲁大学深造，这些天才幼童中就有后来成为中国著名铁路工程巨匠的詹天佑。那么按年代来算的话，也许陈海宁可以算得上是中国人前往欧洲留学的先行者了。可是这样的先行者，不仅没能在历史上有所记载，还有着那样的结局，多少令人唏嘘。

不过，到底最后拿没拿到波恩大学的学位，拿到了什么样的学位，在人物志中并没有记载，只是写到在1884年，陈海宁从德国回到山东，重新入职了山东机器局。

我不打算放过任何一点细节，继续抄录下去。

1884年陈海宁回国，再次入职山东机器局后，多次被调走又在次年回到山东机器局：1895年调到新疆，1896年回山东，1898年调走到江西，1899年回山东，1900年调走到汉阳，1901年回到山东，但这一次他并没有回到山东机器局，而是直接被安置到了泺南钢药厂。在此之后，陈海宁没再离开过那里，直到爆炸事故发生，离世。

庞大的地方志资料库，关于一个人，仅仅只有如此几行。

我把厚厚一本人物志交还给接待我的中年人之后，说了声"谢谢"也就离开。

坐着回城的公交车，有着足够的时间让我把现在掌握到的所有线索在脑中重新捋上一次。伴着车窗外越发繁华的济南夜景，我意识到加上了今天所抄录的年谱一样的人物志，确确实实出现了几个点非常值得继续深挖，那其中一定能有侦破疑团的关键。

到了宾馆房间，我立即打开电脑，重新点开《莱茵工业报》的报道。看了一眼那两张照片后，开始笨拙地将报道中的德文逐个字母敲到翻译软件中，希望能知道大概写了些什么。

翻译软件翻译出来的东西，语句还是相当不通顺，同时有很多的单词也翻译不出。即便如此，我还是从支离破碎的汉语中读出了我想要的信息。

就如同陈海宁出现在西方的报纸上仅仅只是他步入世界的开端一样，这个"济南的风筝"同样不是他竭尽全力才做出来的心血之作，而只是一次试验而已。根据翻译过来的德文报道可知，陈海宁的这次试验主要是在计算这个奇异的椅子，实际上也就是某种飞行器的驾驶座加上驾驶员的重量和各项飞行指数之间的关系。那些风筝也不是简单地为了把坐着人的椅子带到天上而已，每一只恐怕都涵盖着某些复杂的参数，用于之后真正的飞行器制造。

在那时没有电脑数字模拟，想要得到足够的数据，即使有大量的数学建模，也逃不过实体试验这一步。

所以，"济南的风筝"的这根风筝线，我看着在照片中最显眼的一条细长弧线，是必然要被剪断的了。

回到北京，我忍不住还是把所有新收获统统用邮件发送给了邵靖，即使他根本没时间看，发送给他也算是对他帮我联系地方志办公室的答谢了。

出乎意料的是，邵靖还是那么迅速就回复了我。只不过并非邮件而是短信，看来他确实是相当忙碌了。短信上写了不少字，先是为我能有如此之多的收获而感到高兴，随后则是问我要不要见一位上海交通大学的副教授，刚好他为了半年后的学术会议特意来北京开一个筹办会。副教授姓丁，是科学史方向的，很有可能也对这方面有所研究。

我喜出望外地同意了。

邵靖迅速帮我安排了和丁副教授的会面，就在他们历史档案馆外的咖啡馆，可惜邵靖完全没有时间参加。

下午的咖啡馆里，客人还是相当之多的，幸好我提早到了，等了一会儿找到一个比较僻静的角落座位。

刚好到约定的时间，咖啡馆的门打开，一位看上去已经开始发福但相貌上还比较年轻的男人走了进来。他肯定就是丁副教授，他四处张望了一番，我立即举手示意自己的位置。

他坐下来，脱掉羽绒服，里面是一件格子毛衣，毛衣领口露出里面穿着的白衬衫的领子，也蛮有一位副教授该有的样子，我也就更放心没有认错人了。

我们互相自我介绍之后，丁副教授就像是在等待学生做报告一样看着我了。我有些局促，但还是鼓足勇气打开电脑，一边把材料展示给他看，一边讲着我自己一厢情愿的推断。

丁副教授的语速奇快，快到我几乎有些听不大懂，但他话不多，多数时间都是在听我讲述。直到我完全讲完，他才说要我翻回到《莱茵工业报》的报道再仔细看一看。

先是把德文报道认真阅读了一下之后，丁副教授把眼镜摘下来，趴到电脑屏幕前仔细地看了看两张照片，特别是那张在山东机器局大门前的。他将分辨率和清晰度非常低的照片尽可能放大，仔细地看了那把椅子下面以及左右两边能看到的各种连接在椅子上的机械元件。他时而放得更大，时而只是摇头咂嘴。过了很久，他才终于从那篇报道的照片中返回现实。

戴好眼镜后的丁副教授，又用他奇快的语速与我说话。他说翻译软件翻译出来的意思基本没错，并且可笑的是英国和法国的报道都完全误解了德国报道的初衷。

我点点头，期待后面的展开。

随后，他开始说自己对这个人感兴趣起来了。以前从没有关注过这个人，现在看到我所收集到的材料发现确实具有一定的研究价值。当然，一来他本人根本没有时间开这样一个崭新的课题，二来也不能夺人所爱，所以一直鼓励我把这个人研究透研究深，很有可能会有更多更有价值的发现。

我实在不好意思说自己只是对那起爆炸案的真相好奇，在丁副教授的视野内，我所关心的那些东西微不足道。

因此，我依旧只是礼貌地点着头。

还没有说到核心，我真诚地期待着接下来丁副教授要说的东西。

丁副教授看到我依旧用眼神表示着自己穷追不舍的坚定，一下子笑了。他说要是我愿意的话完全可以去上海交通大学报名考他的研究生，他就是喜欢我这样既有干劲又充满好奇心还十分敏锐的年轻人。

我只是委婉地用否定的表情说了一声"好的，如果有机会我一定会考"。

　　他看我这样回答，笑了笑没再多提考研究生的事情，继续快语速地说了起来正题。"这个，嗯，就沿用德国人的称呼，这个'济南的风筝'我以前确实在文献中看到过。"丁副教授表现出一副对自己的记忆力非常自信的样子，"只可惜它不是我的研究方向，所以一下子就放过了，没有深挖。但刊载的期刊我还是记得的，你可以自己去翻出来看看。以你的资质，自行查阅就一定能有相当的发现。中科院的图书馆里存有德国工业科学学会的会刊，叫作《工业科学》，那里面就有你想要找的，到底能找到多少，有多少价值，那就得看你的能力了。"

　　我极为礼貌地再次向丁副教授表示感谢，丁副教授笑着说了一句"邵靖也是不错的小伙子，代我向他问声好"后，就穿上了羽绒服匆匆离开了嘈杂的咖啡馆。

　　中科院的图书馆，刚刚搬到北四环外的新馆。从外面看上去，高大气派了许多，充满了"这里面藏有相当多的珍贵资料"的感觉。

　　早在家里，通过中科院的图书馆官网查到他们确实馆藏《工业科学》的全部期刊，我把检索号和所藏馆室的位置都记了下来，才在第二天有的放矢地前来查阅。然而，即便做了这么多的准备工作，真的到了实践层面还是遇到了一点不大不小的麻烦。

　　因为一百多年前的期刊馆藏都是闭架阅览，我只有把检索号交给图书管理员，等待她到书库中找来给我看。图书管理员是一位看起来十分严肃的中年女性，头发盘得很利落得体，穿着统一的工作服，套着蓝色套袖，接过我的阅览单，面无表情地进到身后的小门。

　　闭架期刊阅览室一上午都没有第二个人出现，但那位图书管理员也迟迟没有回来。大概等了有四十来分钟，她才终于从那扇小门里再次现身，看上去有些疲惫和沮丧，我感觉有些不妙。

"没有你找的书。"

"啊？"虽然已经在刚才一瞬间预料到了，但我还是不禁有些吃惊。我叫她到阅览室里的电脑前，想让她确认显示库存里确实有这套期刊。

她跟着我到电脑前看了看，摇头说："但里面没找到，也有可能是在搬家剔旧时给卖掉了，只是还没有及时修改。"

"一百多年前的历史文献也会被剔旧掉？"

"确实不大可能……那也许是搬家时不慎丢了吧。"

"我可不可以……"我没敢把话说完。

"你有介绍信吗？"

我默默地摇了摇头，眼巴巴地看着她。

"副高以上职称？"

我继续摇头且看着她。

这样的回答好像也完全在她的预料之中。

我们继续对视了一会儿，我实在不想退让。

"肯定不可能让你进库里去看啊。有没有除检索号以外的什么东西？有可能这套期刊还没有正经放到架上，刚刚搬家过来，你懂的。"

让她一提醒，我赶紧拿了纸笔，又从兜里掏出昨晚做好功课的小本子，把上面查到的《工业科学》的德文名字抄到了纸上，告诉图书管理员：这是德文期刊，期刊名是这个，也许能有一点帮助。

图书管理员拿着纸条看着上面的德文皱了皱眉头，又回那扇小门里面。

又过了大概三四十分钟，那扇小门终于又打开了。我一眼就看到她的手里，拿着一本厚厚的褐色硬皮装订书。

"终于找到了。一共只有三本合订本，随便找个角落，就能藏上一百年也不会有人发现得了，估计它们也该感谢你能坚持让它们出来透透气。不过，不允许一次拿两本，所以你看完这本我再进去给你拿另一本。"

说着，她绕过小门前的办公桌，亲自递到我手上。

我如获至宝一般，一边点着头一边捧着这套合订本坐到了最近的桌子前。

合订本里的纸张略有些泛黄，但翻阅起来并不觉得因年代久远而变脆，只是翻阅时我不禁更加小心谨慎。

"还是应该拍成胶片或者干脆电子化了呀。"我忍不住又抬起头来和已经回到办公桌前坐下的图书管理员说了一句。

"哪有那么容易，而且拍胶片也是一种损坏，反正最后都是一样的结局，哪个也不会多上哪怕一丁点的意义。"

说来确实没错。我真想再接上一句什么，但自己已经被合订本的德文期刊内容给吸引住了。

重新从封皮开始看。褐色硬皮书封正面以及书脊上都标有着我事先查到的《工业科学》的花体德文。确实非常不容易辨认，特别是对于我们来说几乎陌生的德文。在名字下面标示着的是这套合订本所涵盖的期刊年份。这是第一本，从 1877 年到 1897 年。而后面两本，分别是 1898 年到 1918 年和 1919 年到 1936 年。整整六十年的学术年刊，可以说是德国工业崛起的一个见证，也熬过了第一次世界大战，却在二战前夕无力坚持最终停刊。

我所需要查阅的内容跨了两本的年代，看来还是需要麻烦图书管理员再跑一趟书库。

顾不了那么多，我再一次小心翼翼地翻开了第一个二十年的《工业科学》。

完全都是德文的……我只好硬着头皮先从每一年的目录看起。不过，一上来的发现几乎和我预料的一样，在 1884 年的目录里，看到了"HAINING CHEN"的名字。这一年陈海宁离开波恩大学回到中国山东，看来这篇论文，大概就是他三年德国留学生涯的一个总结了。可惜目录上的论文题目我完全看不懂，只好按照页数翻到文章看看。

陈海宁的这篇论文应该不是他的毕业论文，篇幅不算长，只有七页。除了少量的德文叙述，全是各种公式以及几幅示意图。德文也好，公式也罢，都让我头痛不已，但那几幅示意图反倒令我眼前一亮。图上虽然也附有不少计算辅助线，却太过明显就是那架"济南的风筝"。

受到如同在异乡见到老街坊一样的鼓舞，我又硬着头皮重新看了这篇论文。根据自己少得可怜的机械知识，通过几幅图和翻译软件的帮助，大体还是猜出了这篇论文讲了些什么——用风筝辅助计算飞行器参数的可能性与实践。

正好和丁副教授解释给我听的关于《莱茵工业报》的报道相符合。看来陈海宁在德国的三年差不多都在这方面着力，同时我也是钦佩起丁副教授的记忆力。

不过，我并没有就此罢休，或者说原本我所预先设想的这个只是开端。然而当我真的继续往后翻时，几乎快要绝望了。从陈海宁离开德国之后，一年一年地过去，竟然一直没有再见到他。难不成回国之后，他便彻底离开了科研领域，甚至逐渐颓废，到最后成了一个会不慎引发爆炸惨案的冒失鬼？完全不合理！

大概就是这种跨越百年时空的信任，支持着我继续翻着德文的目录。

终于，当翻到了第一本的最后时，我忽然又看到了陈海宁。

太有些功夫不负有心人的喜悦，我赶紧先翻回到这一期年刊的封面确认年份——1895 年。

看到这个年份我不禁愣了一下，感觉仅仅从这个数字中已经嗅到了更多的东西。不过现在不是急于下结论的时候，我必须更加小心谨慎地查阅来验证。

大概是因为阅览室中本来也没有其他人，图书管理员看到我似乎很是吃惊的表情，多少也有些好奇，便从她的办公桌前绕过来，走到我旁边问我到底发现了什么。

我本来想说"其实我看不太懂"，但当我指着眼前这页的机械示意图时，忽然就明白了它是什么，略显得更加吃惊地说："这是……扑翼飞行器？载人扑翼飞行器。"

第一本翻阅完毕之后，我把它交还给图书管理员，又申请了第二本继续翻阅，同时，还跟她说了一声"辛苦了"，因为一会儿这一本我还会再看，只能辛苦她多跑几趟。

把陈海宁的所有论文都复印下来，回到家中以后，我重新从他用毕生精力研发的扑翼飞行器中爬了出来。这个东西不是我所要找的重点，我想要知道的是爆炸案的真相，而这个真相，其实就摆在了面前。只要从论文的发表时间看，就已经一目了然。

1884、1895、1898、1900、1902、1910，正是这样的一串年份，陈海宁在《工业科学》上发表论文的年份，揭示了所有的真相。

包括陈海宁回国那年的第一篇论文在内，陈海宁一生竟在《工业科学》这个极为专业的学会年刊上用德文发表了六篇论文。这一点太令我钦佩不已，我对科学史知之甚少，但这个数字和这样的年代，恐怕完全可以跻身中国早期科学界前列了。

这就像一次拼图游戏，形状各异的所有小图片都已经找到，到底是什么样的图画，要做的只剩下把它们拼到一起了。

"时间"就是找到拼图接缝对接规律的钥匙，而这个钥匙的内容就是：陈海宁发表论文的时间和他被调离山东机器局的时间，完全吻合。

我发现了这种显而易见的秘密时，几乎是会笑出来的。

陈海宁在德国留学三年，离开德国时，也就是 1884 年发表了他的第一篇学术论文。随后，他回国重新就职于山东机器局之后，迎来了自己研发扑翼飞行器的停滞期——空白的十二年。没有详细的记载，我当然不能用猜测得到的结论来描述空白的十二年在有着科研热情的陈海宁身上到底发生了什么。仅看到 1895 年，陈海宁忽然又开始发表论文即可。第二年，他被调离了山东机器局，而且还是去只有充军的人才会被发配过去的新疆，这无疑是一次惩罚。对什么的惩罚？似乎相当显而易见了。随后几次调离，虽然没有新疆那么偏远，但也都是一年时间就又调了回来，无论怎么猜测，大概都跑不出这是一次次惜才和惩罚之间纠结的结果。

再看陈海宁发表论文的"1895 年"这个年份本身，也"不容小觑"。

这一年对于那个老大帝国大清国来说太过特殊了。在此之前的一年，大清国吃了从鸦片战争之后最屈辱的一场败仗——甲午海战。号称海军舰队实力已经是世界第五的大清国，竟就如此惨败给了无论从国力还是国土面积都远远不及自己的东瀛日本。败仗之后，大清国在 1895 年被迫签署了最为丧权辱国的《马关条约》，洋务派从此一蹶不振。而更值得注意的是"镇远"和"定远"两艘北洋舰队的主力舰，正是徐建寅亲自到欧洲考察订造的。陈海宁忽然就在这一年"重出江湖"发表了或许他雪藏十二年的论文，恐怕并非仅仅只是巧合那么简单了。

一旦有了方向，接下来每一个关键点都立即合理起来。

1898 年，对于徐建寅来说同样一点不平静。如果说甲午海战让徐建寅的事业和理想严重受挫，那么在 1898 年则他的生命甚至被危及。在这一年，发生了轰动全国的戊戌政变，徐建寅同样参与了维新派的运动。幸好他加入甚晚，没有进到主要成员名单，但为了遮掩自己曾入伙维新派的事实，他以回籍扫墓为由，迅速逃离京城，当然也完全顾及不到山东。我看了《工业科学》在这一年的出刊时间，是在年底，也就是说徐建寅一离京，陈海宁就立即把新的一篇论文投了出去。海运手稿，一个月基本也能抵达德国，再加上审稿时间，大概因为之前已经有所了解，论文本身又没什么问题，当年年底便能发表也不是不可能的。1900 年庚子之变，八国联军攻陷北京，张之洞被调到湖北，同时也带着徐建寅到了汉阳钢药厂，开始研制无烟火药。这时的徐建寅当然更加无暇顾及山东机器局……

总有一种只要徐建寅出现一点松动，陈海宁就立即如同一个没有家长看管在家里撒起欢儿的小孩一样，马上将新的研究成果写成论文并投稿给《工业科学》。实话说，这样的做法非常不聪明，很容易让人误解，但对于一个心里只有扑翼飞行器的人来说，或许根本就没顾忌过这些。

我不能得意忘形，所以在推理的过程中，又把年代翻回到事件起始的1879年，重新调查一下。

这一年，山东机器局竣工，徐建寅被派往欧洲考察。考察有四年时间，同时徐建寅订购了"定远"号和"镇远"号这两艘当时几乎是战斗力最为强悍的战舰。他还写下了《欧游杂录》。

我把《欧游杂录》仔细翻阅了数遍，发现只有其中抄录的李鸿章的信里提到要补上两名留学生过去学习枪炮船舰制造，同时要找些年轻人到德、法的工厂中实习。其余记录完全都是徐建寅在欧洲考察德、法军工企业工厂的实录，十分明显地体现出了徐建寅到欧洲的目的，就是要通过亲自造访考察，迅速增强大清国的军事战斗力。

作为自己父亲的学生，在当时来看也应该是高才生的陈海宁，在徐建寅在德期间前往德国留学，他不可能不认识，不可能不知道，也不可能没有过接触。但整本《欧游杂录》里没有详细描述关于留学生的事情，更没有陈海宁。唯有李鸿章的信里出现了那两个留学生的名字。作为当时的中堂大人李鸿章都是清晰写上去的，仅此一点已经看得出其对军工类留学的重视。而像陈海宁这样的留学生，如此优秀却只字未提，更是能体现出当时洋务派官员心中轻重了。

徐建寅和陈海宁之间的关系，确实更加微妙了。

重新回到陈海宁的这条线上来，继续推理的结论看上去令人有些悲伤。陈海宁第三次被调离山东机器局，是被徐建寅带到了身边，一起到了汉阳。如同终于不放心自己的孩子，惩罚已经不管用，只好带在身边亲自教导。

即便如此，陈海宁还是继续发表了下一篇论文，那年是 1902 年。而这一年，徐建寅已经死了，死于 1901 年时在汉阳钢药厂试验无烟火药的意外事故中。同样是爆炸，同样是意外，同样是无烟火药。

陈海宁，是爆炸事故的亲历者吗？

到底当时陈海宁在不在现场，完全无据可考，但从前面的推理延续到这里，不禁嗅到了一些令人不悦的仇恨感。

我极为不喜欢这种因为理念的不同而生恨的事情，特别是很有可能他还是凶手，一百多年来一直找不到的那个造成炸死徐建寅的重大事故的凶手。

那么最后陈海宁有可能是自杀谢罪？反正绝不可能是一起由冒失鬼的失误所造成事故，但如此大的伤亡，也太过分了些……况且这样惨重的后果，也许已经在汉阳亲眼见过一次的陈海宁真的还能下得去手？还要找那么多人为了自己的谢罪而陪葬？

还有那身奇怪的衣服。胸前配有那么一串串金属片，不禁让人想到或许是防弹衣雏形，所以难不成……他是杀害徐建寅的凶手已经被发现或者被怀疑，所以处心积虑地想再次引发一场相同的爆炸，诈死然后逃之夭夭？结果诈死反倒成了炸死？怎么想都不可能，如鲠在喉的不快让我无法继续。但多少也是有所收获，我便一五一十地写了简短文字连同我复印下来的所有论文翻拍成照片发给了邵靖。

已经有很久没和邵靖面对面说话了。他看到我发过去的东西后，立即就回复约我第二天见面聊聊这个事情。

就在他们历史档案馆休息区的沙发处。

邵靖把自己的笔记本电脑放到茶几上，用一次性纸杯给我们两个人都打了一杯水，坐了下来。

"有没有看过陈海宁几篇论文的内容？"邵靖说话永远是开门见山，

没有任何铺垫直入主题。

"看过几眼，但看不懂。"我如实地回答。

他则不紧不慢地打开了电脑，点开之前我发给他的翻拍图片，又将电脑屏幕转向我的方向，说："太具体的我也看不懂，但仔细看看，多少还能找到更多有趣的细节。"

"你是要说他一直研究的是扑翼飞行器？这个我昨天也在说明里说过了。"

"不仅如此。"

"嗯？"我虽然有点摸不着头脑，但还是又一次仔细地看了看。

邵靖知道我肯定不可能再发现什么新的东西，便不多等皱着眉头装作认真的我，指着屏幕上的公式，说："这个 P，是功率输出，对吧？"

我点点头。

邵靖熟练地把几篇论文放到同一个窗口对比着继续让我看。

"他在1884年第一次发表论文时，基本上没有计算太多机翼的功率问题，而是着重于椅子起飞时的平衡性，还有这个挂在椅子底下的秤砣的最佳重量。"

"这个应该是陈海宁在留学之前就基本完成的试验数据，在德国大概就是最终完善了它。"

"想必如此，不然在《莱茵工业报》中，也不可能会出现能飞到天空还能安全着陆的风筝照片。"

"那么还能说明什么？"

"再看后面的吧，时隔十二年之后，论文里的扑翼飞行器完全成型。就算你我这样的外行，也能一眼就看得出来了。"

我继续点头。

"而陈海宁的着重点也完全变了，你看这个，无论对机翼的尺寸和扑动频率也好，还是对每个元件的机械设计也好，他根本都没有再多讨论。"

"数据基本上就来源于风筝，想必他在那时就已经设计好了机翼之类的所有机械结构。"

"他对自己的机体设计非常有信心。"

"似乎确实是……"

"不是'似乎'而是'一定'。因为他从这篇论文开始，一直讨论的就是扑翼飞行器动力源的问题，而非机体设计了。"

"呃……确实呀，这里出现了蒸汽机。"经邵靖提醒，我再看1895年的论文，似乎更看出些门道来了。

"而且在论文里的蒸汽机的重量是恒定的。"邵靖又把几篇论文并列对比给我看，"也就是说，最开始那个秤砣的最佳重量就是蒸汽机的重量。所以，很显然1895年的这篇论文设计出来的扑翼飞行器是不能成功的，因为他论文中的这个重量的蒸汽机输出功率不够。"

我喝了一口水，等待下文。

"我查了一下历史上的扑翼飞行器，在那个年代失败的原因基本上都是因为蒸汽机这种当时功率最高的动力源还是太过笨重。好了，我们不再深究这个，只是你可以从此发现一个转变。"

"转变？"

"是的。先看1898年的论文，他提出的是烧煤的蒸汽机是不合理的，煤炭的燃烧率太低，必须提高燃烧率。恐怕他刚好在山东机器局，有着得天独厚的便利条件，试验了很多种燃料，其中还有各种火药，但无论哪种火药都烧得太快，持续性太差，也不理想。这篇论文，与其说是机械设计类，不如说是化工类了。再看看1900年的论文，竟提出了改用酒精为燃料的设想。太聪明了，并且肯定是经过太多次试验才得出的结果。如此一来别说燃烧率的问题基本解决，如果再根据酒精燃烧的特性改造蒸汽机，还可以大大降低蒸汽机的重量。同时，你看他的论文结尾，也提到开始着眼于用内燃机代替蒸汽机的可能性。"

我知道接下来要有转折了，因为1902年本身就是陈海宁的重要转折点。

"但，你再看1902年的这篇论文……"

邵靖没有说完，只是把其他的论文都关掉，放大了这一年论文的画面。

当我顺着邵靖的思路重新看这一篇论文时，一下子发现了我一直就没发现的蹊跷，也就是邵靖所说的"转变"。

"这家伙，"邵靖在面对转变时，不由自主地更换了对陈海宁的称谓，"竟在1902年的论文中大篇幅地阐述了人力动力。虽然他在论文里写了放弃蒸汽机的原因是为了节省出蒸汽机和燃料的重量，但这完全就是一次倒退。毋庸置疑！"

"为什么会忽然倒退？他不像是这种脑子不清楚的人。"

"为了……"邵靖神秘地一笑，"为了徐建寅。"

"嗯？！"突然从论文跳转回徐建寅，我一下子没有反应过来到底其中意味。

"徐建寅在前一年死了，怎么死的？"

"炸……"

"没错，突然间偏执地拒绝了一切明火的火力动能。"

我忽然间觉得胸中的憋闷一下子化解却又有另外的什么袭来。

"我的德语也不怎么行，但这篇论文里还是能多次看到陈海宁写'机械不需要明火'的言辞。一篇工科论文，竟都带有这么多透着悲伤的情绪。"

"那徐建寅对他……那么多次故意调走……"

"惜才和调教。对于徐建寅来说，陈海宁这样的优秀人才，又是他父亲的弟子，怎么可能不爱惜。可是他们之间的思想，或者说是他们整个的世界观都完全不同，一个是军事强大才是唯一目的，一切科学全是为了国力强盛服务，典型的洋务派思想；而另一个几乎没有什么世界的概念，只有他所潜心研究的扑翼飞行器。在徐建寅眼里，恐怕陈海宁就是那么一个不成器的玉璞。"

如果说只是这样的一面之词，我觉得不能说不合理，但也没有太多的可信度，然而现在，论文的内容就摆在面前，这种能让人感到悲伤的论文，又有什么理由不去相信？

"其实更有意思的在后面。"邵靖把接下来的论文打开，"我相信你一定和我第一次看到这篇论文时是同一个反应，瞅了一眼示意图之后匆匆扫过，只是注意到论文的发表时间和陈海宁被炸死的时间，而没有关注到论文本身的细节。"

我看着屏幕仍旧什么也看不出来。

"你一定漏掉了这个，根本没注意到。"

邵靖指着屏幕上一连串的德文中一个由两个字母组成的单词：Po。

我完全不懂德文，所以无论这个单词是长是短，混杂在通篇的德语中我怎么也不可能注意得到，更不用说注意到它的意思……呃，等等？当我正在心里暗自抱怨邵靖在我面前炫耀自己会德语的时候，一下子明白了这个单词的意思。它完全就不是德语单词才对。它是……

"钋？！"

"没错！"邵靖笑了。

我立即掏出手机来打开网页准备检索。不过，邵靖早有准备，在电脑上又打开了一篇一看就知道是晚清时期的报纸。

"1905年《万国公报》就报道过居里夫妇发现了钋，所以就算是一直在国内没有再出过国，如此关心西方科技的陈海宁一定也看到了。"

"肯定了，况且《万国公报》也不是小报，销售区域非常广。在浒口，想要买一定可以期期不落地买到。"

"况且论文里论述的本身也就是钋的发热功率。拒绝明火的陈海宁终于另辟蹊径地走向了完全不同的另外一个领域，真不知道他到底是怎么冥思苦想才想到了这个办法。当然，他不可能懂核裂变，做不出核反应堆，所以整个设计还是被禁锢在蒸汽机的框架里。这回就能看懂这篇论文的蒸汽机设计了吧？"

实话说，我根本就没打算看懂过……

"他把钋放到金属箱中，利用钋的放射线电离空气和金属箱放电，从而就可以产生极高的热能，接下来就还是蒸汽机的部分，用钋箱作为蒸汽机锅炉。只是问题在于他根本计算不出来这个东西的发热功率，整篇论文仅仅只是一个初步的可能性报告。当然，从数据上看，他确实是做了相当多的试验才能得出来的。真不知道他到底哪里弄来的钋。"

"等等，你刚才说他是利用电离放电？"

邵靖笑着点头。

"所以……"

"对，所以必然会有电火花。在他们那个年代，电火花和明火完全不是一回事，所以……引爆就在旁边的黑火药库房只是时间上的问题……"

"并且，他懂得了隔离辐射？"

"没错。"

"进一步说……我一直疑惑的那件挂有一串串金属片饰品的奇怪衣服，实际上是他给自己做的铅衣？再进一步说，有那件铅衣在爆炸现场，就更能证明在爆炸时，他正是在做着核能蒸汽机的试验？"

"正是如此。"

好像所有的疑点都说通了，或者说真相果然不是陈海宁这个人过于没有常识冒冒失失地穿了一件奇怪的容易引发火花的衣服而造成的惨剧。更让我觉得松了一口气的是，陈海宁大概也并没有和徐建寅有着什么必杀之恨。虽然结局依旧令人扼腕叹息。

"但是，还有一个问题，那么汉阳钢药厂那次爆炸呢？只是巧合？"

"在那个时候，黑火药工厂爆炸实在太常见了，我查到 1908 年山东机器局还爆炸过一次，只是没造成太大的伤亡而已。"

确实没有更多证据去反驳邵靖。

但是我心中还是有着另外一套完整的关于陈海宁的故事版本。那个陈海宁一直怀恨于永远要抑制着自己的才华、无法理解支持甚至还总是折磨自己的徐建寅。并且，所有人都知道他对徐建寅的态度，因此才会被那些想要除掉徐建寅的保守派利用。徐建寅意外被炸死时，陈海宁也在汉阳，这一点永远也不能随意抹去。而且，陈海宁太有作案动机了。之后呢？保守派当然是要杀人灭口，却一直没有做到。一直等到慈禧老佛爷也都死了，光绪皇帝驾崩，保守派同样大势已去的时候，他们再也等不下去。作为最后的挣扎，或者说是作为最后再对洋务派还有洋人的所有事物和知识的最后一次微不足道的攻击，保守派设计炸死了陈海宁。

然而另外的这个人心险恶的版本，我并没有跟邵靖说。因为，他一定还是能找到证据来否定我的看法，况且以现在所掌握到的材料来看，他的推断更合理，看上去更贴近事实，我又何苦去讨这个没趣。

大概又过了半个多月，我发现自己依然对陈海宁的事情念念不忘。辗转反侧之后，我终于还是又一次给邵靖发了信息。

繁忙的邵靖过了好一阵子才回复了信息，但并没能满足我的需要，说自己在机械设计方面完全就是外行，而且一直也都身处文史类的研究圈子，他建议倒是可以找丁副教授试试看。

似乎只有这么一个选项了。没有别的办法，我只好给丁副教授写了一篇相当长的邮件，讲了我和邵靖整理出来的关于陈海宁的人生，包括他的扑翼飞行器试验设计全过程，并且把陈海宁的六篇德文论文打包一同发送过去。

忐忑地等待到第三天，终于收到了丁副教授的回信。

在回信中，丁副教授先是大加赞赏了我和邵靖，竟能挖出这么一个有价值的人，给中国近代科学史又增添了坚实的一块砖。其后则是说自己搞的是科学史方向，所以对真正的机械设计也只是懂个皮毛，我所问的关于陈海宁设计的载人扑翼飞行器到底合理性有多高，只能找他们学校的机械专业的专家来鉴定了。不过好消息是机械专业的教授看了陈海宁的论文之后，表示相当感兴趣，打算深入研究一下。既然专家能在百忙之中对这个自己科研项目之外的东西感兴趣，也就说明它本身已经具有相当的合理性。接下来只有静候佳音了。

看着丁副教授的回信，感觉他温和的笑容和奇快的语速都在我眼前交替浮现。

我不敢打扰丁副教授，所以接下来我只能等待，等待丁副教授再次回信。希望那位机械专家不是仅仅随口应付一下丁副教授而已。

大概又过了一个月，就在我确确实实几乎快要把陈海宁还有他的扑翼飞行器忘掉的时候，我终于再次收到了丁副教授的回信。

邮件不算长，但完全能看出丁副教授的激动情绪，同时我还看到了几张照片附件。

丁副教授在邮件里说，他们学校相当重视这次的发现，已经迅速组建起了一支科研小组，一方面继续深挖这个中国近代少之又少的科技奇才，另一方面也打算再造他所设计的载人扑翼飞行器。说来惭愧，竟没想到一百多年前的中国人就能把扑翼飞行器设计得如此科学合理，唯独欠缺的只是动力部分，刚好当今最不成问题的就是动力，而其他的机械结构、机翼尺寸、扑动频率等等一切都完全可以直接沿用，基本上无需大改就可以载人上天了。丁副教授还忍不住给我科普了一下扑翼飞行器在当今的意义，什么节省跑道长度之类。字里行间无处不看得出丁副教授的激动情绪。

我还没来得及点开邮件里的照片，就又收到了丁副教授新邮件。新邮件里只是短短的几句话，我仔细一看就笑了。丁副教授又来劝说我要加入他们的科研团队，考研也好还是直接加入也罢，只是不想浪费掉我的能力。至少，丁副教授在邮件的最后似乎是退让到最后一步，说至少我来写一篇论文来参加几个月之后的学术会议，现在报名还来得及。

丁副教授也真是一位值得信赖的好人。

我对着屏幕笑了笑，心中想着"我根本就没这个本事"，然后找了一大堆极为得体的词，再次谢绝了丁副教授的好意。

回复了这封邮件之后，我重新打开了丁副教授发来的上一封邮件，点开了那几张照片。都是一两个年龄较大的人带着几个年轻人，手里抱着看上去像机翼之类的组件，笑得开心。而每一张照片中，都有同样的一个物件，就是那把一百多年前曾经靠风筝带着飞上了天的奇怪椅子。

他们最先再造完成的果然是那架"济南的风筝"。

陈海宁这家伙要是能到现在，也许当他的风筝剪断了线之后，就不会坠下来了，至少不会坠得那么快、那么惨了。

偷走人生的少女

昼温

零

楼道里静得可怕。

门后一丝不祥的气味悠悠而来，唤醒了刻在每一个人类基因里的恐惧——那是同类生命腐败的味道。

我无法想象屋内的场景，我不敢看她的脸。

十年过去了，她选择经天纬地，我选择偏安一隅，只是命运的代价，没有人能拒绝承受。如果一切重来，她还会选择打破一切壁垒吗？

"阿妈……"我听到她小声地呼唤，只是再也不会有回答了。

一

我是在公交车上第一次遇见赵雯的。

很少有人会和邻座的陌生人交谈，可旁边穿着一身大码运动装的姑娘一直拉着我说话。她扎着很高的马尾，露出了光亮的额头，绿边眼镜又窄又长。脸上没有化过妆的痕迹，笑起来也完全不顾形象，我还以为是个读高中的小妹妹。聊起来才知道，我俩都是去山前大学外国语学院报到的研究生。这下她显得更热情了，还不知道年龄和名字，就一口一个"阿姐"叫我。

"阿姐，你是什么专业的呀？"

"语言学。"

"哦？这是干什么的？赚得多吗？"

我一时语塞。我还真没考虑过这个专业怎么赚钱。

"呃……不太多吧……你呢？"

"同声传译啊，听说过没？可赚钱了。"

"同传？咱们学校好像没开吧？"

"哦，我录的是笔译专业，不过也差不多嘛。努努力，什么事干不成呢？我上网查过了，同传可是一小时就能赚好几千的行当，阿姐要不要也转到我们专业来？"

"我？还是算了吧……"

尴尬地笑了笑，我心里开始打鼓：这小姑娘真是研究生？笔译和同传，差得可不是一丁半点吧？

据我所知，全世界特别优秀的同声传译只有不到两千人。

物以稀为贵。同传译员确实身价高，所需的素质也是一般人难以企及的，优秀的双语听说能力、百科全书式的知识体系、过硬的心理素质和优秀的人际交往能力缺一不可。你要充分理解他的这一句话，同时嘴上翻译着他的上一句话。你要在数百个精通至少一种语言人的面前，让自己的大脑持续多任务高速运转。

因此，更重要的是天赋。

就像锻炼身体一样，每一种技能都是对大脑的训练。需要无尽的重复练习加深记忆，高压的外部环境训练反应，博大的阅读量重塑思维。同传译员就像站在奥运会赛场上的顶级选手，首先要有的就是一个优秀的大脑作为基础。

我不知道小雯符合多少，但芸芸众生多为凡人，能符合的人很少很少。眼前的姑娘一副胸有成竹的样子，难不成真的天赋异禀？

二

开学第一天，我们成了室友。

一起办理入学手续时，小雯高中生一样的造型和蹦蹦跳跳的走姿引得路人纷纷侧目。

她骄傲地告诉我，她的本科学校又称"考研基地"，很多人一入学就开始准备考研。大家都是在高考大省拼杀出来的，又一五一十把高中生活复制进了大学，一过就是四年。

简直不可思议。我知道刚上大学的孩子或多或少能保持高三养成的学习习惯，但这"惯性"很快就会在轻松自由的环境中消失殆尽。

我以为坚持上几个小时的自习已经很厉害了，小雯却说，每天学习十二个小时以上才是标配。

"如果整个学校都保持着这股劲儿，就不会松懈，这就是努力的力量。"

每当小雯回忆起那段生活，面孔就会发亮。

"阿姐，你知道吗？有一次我连续学习了二十个小时呢！"

我望着她，有些敬佩，也有些心疼。

付出四年青春的代价来到这所少有本校毕业生愿意留下的学校，值不值得呢？

为了尽快当上同传，小雯又开启了"高三模式"。

她每天七点准时在教学楼前练习口语，一见我就会大声打招呼：

"阿姐！"

我也冲她挥手，旁边路过的同学看了会笑。

"这就是程碧那个扬言要当同传的室友啊。"

"对呀。"

"句子还挺流畅的，就是她带着大葱味儿的口音……能进口译行当就怪了。好好当个笔译不行吗？天天在这儿搞笑。"

"怪不得和程碧关系好呢，都那么——"

"嘘！她就在那呢……"

我装作没听见。

当晚，我带着她重新学了几遍音标，可乡音难改，收效甚微。

读不准单词时，她总会可怜巴巴地望着我。这让我想起那些窃窃私语的路人。她是我唯一的朋友，我得帮她。

三

和小雯不同，我是本省最优秀的神经语言学家杨嫣教授的硕士生。我决定利用学术优势。

在知网上查了好几天论文后，我变得悲观起来。

很多人知道"语言关键期"假说，即六岁之前是语言学习的最佳时期，之后人类大脑的语言感知和发音能力开始衰减，十二岁后将进一步退化。成人再想学习语言，就只能从母语语音知觉出发感知新的语音结构。在这个过程中，母语的影响无处不在。

更有研究表明，不到六个月大的婴儿就具备区分语音范畴的能力，十二个月后就可以在脑内建立一套系统的母语语音识别图。也就是说，一岁之后再学外语就已经不太可能练成母语一般的完美语音了。

多年在外国居住的日本人说起英语来仍然"r""l"不分，不是因为他们不知道要分"r""l"，而是日语中对这两个音没有区分，母语经验导致的注意力分配问题使其在讲话时没有办法对它们进行正确感知。

我从三年级开始学习英语，发音尚且不够完美。二十二岁才开始正式学习英语语音的小雯大脑早已成型，中式口音积重难返。

很多文章在最后都劝外语学习者放弃对口音的完美追求，我也深以为然。

印式和日式英语那么难懂都已经获得了广泛认可，有点中国口音又有何妨？说不定等中国强大了，Chinglish 也能成为官方英语的一种。

"小雯，你学得太晚了，每一个音都有问题，很难纠正。不过你的词汇量很大，合适的岗位很多，不一定非要做口译。"

她看着一摞论文，愣了半晌才开腔。

"阿姐，你相信人能够改变命运吗？"

四

我当然不信。

小雯不知道，我也曾试图打破命运置在面前的壁垒。

那年我十五岁，以全市第二的中考成绩进入了山前市有名的贵族高中就读，一年光学费就要二十万。

我家拿不出二十万，但也用不着——为了拉高本科录取率，学校特地免了我的学费。

开学当天，我坐了两个小时的公交，又拖着箱子走了一个小时，在一片农田深处找到了那个即将吞噬掉我所有青春的校园——金色的尖顶在秋日的午风中傲然而立，马路上没怎么见过的汽车停满了操场。

一个人把行李挪上楼，我几乎筋疲力尽。那时，我还没有后悔把箱子里都塞满书——那些小小的砖头，后来砌成了我心里最坚实的堡垒。

推开门，几个女孩正在房间里打闹。她们像洋娃娃一样，从头到尾都经过了精心的打理。画着自然的妆容，长长的披肩发细软柔顺。我那时还扎着高马尾，挂着黑眼圈，身材因为长期伏案学习而臃肿，一件化妆品都没有见过。勉强应对她们的寒暄，我感觉自己像一只丑小鸭。

我记得她们恰巧站在洒满阳光的窗前，周身散发出的淡淡金光。

那是隔绝在我们之间的，一道金色的壁垒。

三年高中生活，我有舍友，有同学，却没有朋友。

我不想再回忆融不进话题时的尴尬、文艺活动只能当观众的不甘、在食堂只会挑青菜的窘迫。

同学们人都很好，但眼界、学识、资源、经历、胸襟……巨大的差距还是无可避免地将我从每一个团体中排挤出去。就像水中气泡，直到破碎也无法融入汪洋。

若有若无的孤立变成了我自觉主动的远离，三年沉默寡言的寄宿生活，最终剥夺了我与同龄人亲密相处的能力。

离开那所贵族高中后，身边也有了家境相仿、性格相似的同学，可我远离人群太久了。我不会接话，不会揣摩言外之意和女生之间的小心思，看不懂气氛是热烈还是尴尬，除了孤独别无选择。

直到遇到小雯，我的世界里才算闯入了其他人。她直白又可爱，什么情绪都放在脸上，不需要我去揣摩。

物以类聚，我的防线能够为她融化，也许因为我们都是怪人吧。

五

那次交谈过后，小雯请我去家里玩。

她带着我乘公交车穿过整座城市，来到了市郊的一个老式小区。五颜六色的衣物在家家户户的阳台上飘舞着，楼道破旧阴暗但还算整洁。

"阿妈，我回来了！带着阿姐！"小雯拉着我的手，欢快地叫道。

"来了，来了！"

一位老妇人应声而出。她花白的头发很长，在脑后扎了一个松松垮垮的马尾。这个发型在老年人间很少见。岁月在她脸上的印刻也格外用力，如果不说，我会以为她是小雯的奶奶。

更引人注目的是她右侧空空的袖口。

我假装没看到，乖巧地问阿姨好。

她露出和小雯一模一样的灿烂笑容，拍拍我的胳膊，热情地把我迎进屋。

小雯告诉过我，阿姨早年在流水线上被机器绞去了一只胳膊。工厂以操作不当为由克扣抚恤金，她硬是逼着老板保下了工作。老板没有为此吃亏——在苦练下，阿姨单手操作的效率甚至高过了大部分熟练工，也供出了小雯这个家族的第一位大学生。

过了几年，自动化机械的普及让她彻底失业在家——人工效率再高也高不过机器啊。即使这样，阿姨还是教出了乐观向上的小雯，让我肃然起敬。

进屋后，我看见逼仄的房间里堆满了半成品竹篮。阿姨也不避讳，领我落座后就坐在了一边，脱下鞋子开始编竹篮——用一只左手和两只脚。

小雯也很快开始动手，竹条在指尖翻飞，也不耽误说话。看着她们工作，我有点手足无措，只好喝水掩饰尴尬。

"阿妈，医药费你别担心，我很快就能当同传赚大钱了。"

听了这话，我差点被呛到。

"真的？妮子这么厉害吗？"

"当然，还有阿姐帮我呢，是不是呀，阿姐？"

"啊？啊！当然，我肯定会帮的……"

我赶紧又端起杯子佯装喝水。

回到屋里，我拉住了她。

"小雯，我给你讲我高中的事是希望你顺其自然就好，有些事情真的是没办法的，不要做无用功。"

小雯转过身，我发现她眼角有泪。

"阿姐，我知道你是为我好。我也知道，我练了那么久也没起色，去了十几家公司都没有撑过一面。我又有什么办法呢？阿姐有顺其自然的资本，我停下来就什么都没有了。而且阿姐自己也没注意到吧，要不是成绩好，阿姐怎么能免费上高中呢？所以努力还是有用的，对吧，阿姐，对吧？对吧？"

六

这个颤颤的问题，我没法回答。

努力？对于大多数事情来说，光努力当然没用。

刚到那个昂贵的高中时，我以为人与人的差别只是原生家庭的经济问题，未来总有机会追上。只要我工作后继续努力，只要我……

开始研究神经语言学后，我才认识到现实远比自己的想象更加残酷。

尽管没有婴儿时期那么剧烈，我们的大脑还是处在变化之中的。青少年甚至成人的大脑都会在对外界刺激作出反应的过程中不断被重新塑造。但这个塑造有很强的阶段性，有些时机错过了就是永远错过了。

一岁时开始学习一门语言，就能轻易掌握母语般的纯正发音。

三岁时获得足够的爱抚，寻找伴侣时就不会过度渴求关注。

六岁前建立好延迟满足机制，长大后就不会轻易被薄利引诱。

十二岁时学会了批判性思维，就很难被谣言和假新闻蛊惑。

如果在青春期……如果那时的我哪怕有一个朋友，我也不会失去体察他人情绪和气氛的能力，也不会被迫忍受那么久的孤独。

所以，努力有用吗？

努力睁大双眼，就可以让盲人重获光明吗？努力保持呼吸，就可以延长人类的寿命吗？仔细侧耳倾听，就能听到鲸鱼的歌声吗？

我们和他人的差距，是眼界，是金钱，是父辈的积累，更是大脑的构造。

隔绝在人与人之间的，是生理的壁垒。

所以，我要告诉小雯吗？

我要亲手打碎她的幻想，夺走她一直以来的依靠吗？

我要一字一句地告诉她，接受现实吧，努力一点用都没有吗？

还有，在这个社会环境下……

小雯泪眼婆娑，我的心也柔软了起来。

"好吧，我帮你……"

七

查阅资料后，我指出她的障碍是早期双语者和后期外语学习者之间的壁垒。

这不仅仅是语音，更是语义理解与语码转换的问题。成长在双语环境中的人在翻译时不需要激活其他脑区，可以减轻大脑负担、专注翻译任务。

小雯想要尽早当上同传，除非在生理层面重塑大脑。

幸运的是，从脑神经机制层面探讨外语教学和语音机制的研究还不少。一些学者根据现有的神经语言学理论提出了纠正外语口音的方法，只是实践得不多，有的甚至很玄妙。

不过，我一直深信奥地利哲学家恩斯特·马赫说过的一段话，"Knowledge and error flow from the same mental sources, only success can tell the one from the other." 真理和谬误本是同源，不试试怎么知道呢？

我研究方法时，小雯也没闲着。她又拿出了那股狠劲儿，抽出所有时间拼命练习。更难能可贵的是，她也学着在图书馆找资料、看论文，试着去理解艰深的理论，口音也在一点一点变好。

随着一起讨论的时间增多，一些变化在小雯身上悄然发生。

我有点害怕：小雯变得太像我了。

她说英语的时候像我，这没问题，毕竟是我一直在教她。她的穿衣风格开始向我靠拢，这也说得通，是我说服她放弃了高中生风格的外套，带着她去大商场一件一件挑。可她的神态和走路姿势也越来越像我了，还有一些她本不该有的小动作……

我上大学后常年留着披肩长发，低头时常需要将耳边的头发撩起。小雯则一直梳着清爽的马尾，露着光光的额头。她每次都梳得很认真，发际线处几乎没有一点碎发。

那天一起在食堂吃饭时，她下意识地做出了撩头发的动作，和我一模一样。我心一惊，放在嘴里的饭菜也瞬间没了味道。小雯没有发觉什么，还在对付餐盘里的青菜。我咽了咽口水，勉强自己继续吃。那顿饭，味同嚼蜡。

更恐怖的是，小雯的思维方式也越来越像我了。

平时聊天尚且不论，一门公共课的老师竟然判定我和小雯的小论文有雷同嫌疑。我们没有互相抄袭，可我拿过她的文章细细阅读时，也无法怀疑老师的判断：太像了，遣词造句，布局谋篇，文风的选择和脉络的整理，还有背后想要表达的观点和思想，都太像了。任谁看都是她同义复现了我的论文。

为了保住我的分数，小雯当场承认抄袭。

"没事，阿姐，成绩对我来说没用，你还要读博呢。"

我很感激小雯。

但我怕了。

八

那天晚上，我辗转难眠。

到底是怎么回事？

有人说夫妻、兄弟和闺蜜会在长时间亲密相处之后彼此相像，会在日常生活中无意识模仿对方。可也就一个多月的时间，能像到这种程度吗？

也许我们只是走得太近了。也许我们本来就是一类人。也许……

不过，这样不好吗？

有多少人渴求知己，希望拥有能够完全理解彼此的好友，高山流水，岂不快哉。那些一直离我远远的女孩子们，不也穿着闺蜜装、画着相似的妆容自拍，为同一个梗哈哈大笑并为此而骄傲吗？这不是我一直想要却无法拥有的东西吗？

我到底在怕什么呢？

也许我的孤独根本就不是因为高中同学的疏远，而是我想。也许我从心底反感随波逐流的大众，我渴望做一个特立独行的人，我妄想自己拥有全天下独一无二的灵魂。

所以，在那个贵族高中，我才抓紧一切机会独处，我才在心里建立了坚不可摧的壁垒。直到那份孤独深入骨髓，再通过神经细胞的联结牢牢刻入大脑。

好不容易睡着后，小雯出现在了我的梦里。我看到她扯下马尾辫上的皮筋，让头发披散下来。我看到她熟练地梳起和我一样的发型，冲我笑着，撩起了耳边的发丝……

我惊醒了。

眨眨眼睛，噩梦似乎还没结束。

寂静的深夜里，一个人正趴在我的床边，直直地看着我。

小雯的脸几乎贴在我的脸上。

九

我全身的寒毛瞬间立起，恐惧裹挟着寒意直冲大脑。意识还没反应过来，身体已经快速向后一躲，狠狠撞在了墙上。

小雯被我的反应吓了一跳，跌倒在地。

戴上眼镜后，我看到她头上戴了什么奇怪的帽子。借着月光，我认出那是神经语言学实验室的脑电帽，长长的电线连着插排。脑电帽很少外借，不知道她是怎么搞出来的。

她这么做多久了？她这么做是为什么？

"小雯，你搞什么——？"

小雯哆哆嗦嗦地站在角落里，低着头，两只手不断地搓着衣角——睡衣又旧又小，四处都是缝补的痕迹。她的泪珠顺着下巴不断地掉下来，声音也带着哭腔。

"阿姐……阿姐，对不起……"

看清她委屈的小表情后，我的怒火瞬间消失了一半，质问的语气也缓和了下来。

"小雯，你告诉阿姐，到底怎么了呢？"

听了小雯的答案，我发现自己也有责任。

我教会她查文献和读文献，却没教过她要筛选文献。

在神经语言学界，镜像神经元系统的研究一直十分热门。很久之前，人们在猴子大脑腹侧前运动皮层的F5区发现了镜像神经元。模仿同类的运动时，猴子大脑中的运动镜像神经元会放电。随着电生理学和神经影像技术的发展，人类大脑中的镜像系统也被发现了。人们普遍认为，镜像神经元系统在模仿之类的认知过程中起了很大的作用。

这个系统就像脑中的镜子，可以把周围感知到的一切印在大脑的世界里。这就帮助人类完成了一项非常重要的技能——学习。

衡量镜像神经元系统活动的一项重要指标就是μ波的抑制。猕猴的单细胞研究表明，镜像神经元活动时，μ频率波段的震荡波幅会明显降低。

如果说以上研究结果已经得到了学界的认可，发表在了正儿八经的期刊上，那么小雯接下来给我看的"论文"就不知道是从哪里找来的了。

一位"学者"反其道而行之，认为μ波是限制镜像神经元系统工作的"罪魁祸首"。用一定的电刺激降低大脑发出μ波的功率，就可以开发出大脑"剩下90%的功能"，获得"惊为天人"的学习能力。"论文"的结尾是一则所谓"天才帽"的广告。

这篇"论文"让我哑然失笑。且不说"大脑功能还未完全开发"纯属谣言，若真有这种神奇的技术出现，一定会立刻引起社会的大变革。

涉世未深的小雯却对"论文"深信不疑。她没有钱买"天才帽"，只好趁着帮杨嬷老师打扫卫生的时候把神经语言学实验室里的脑电帽"借"了出来，按照"论文"上的参数调好数据，晚上偷偷地戴着靠近我。

她觉得，这样就能让镜像神经元系统模仿我的脑电波来对她的大脑进行重新塑造，尽早学会比较纯正的英语发音……

听到这里，我心的寒意一阵一阵涌来。

我真的认识眼前这个女孩吗？

我只知道她很努力，却没有意识到她的决心如此之大。她要当同传，她要赚钱，她要打破自己面前的一切壁垒。

她能够七年如一日地保持高中学习习惯，也能冒着损害大脑的风险去验证未经证实的理论。

"Knowledge and error flow from the same mental sources, only success can tell the one from the other."

她也是这么想的吗？

十

在我的强烈要求下，她偷偷把脑电帽放回了杨嬷教授的实验室。

小雯口语的进步成了院里广为流传的奇迹，风言风语也变成了学弟学妹憧憬的目光。遇到问经验的人，她只是含糊地说阿姐教得好。很快，她开始接各种各样的口译任务，经常去外地出差。

宿舍里只剩下了我。这样也好，脑电帽的事令我难以释怀，两人相见实在尴尬。

只是，我们二人的深度交织实际上才刚刚开始。

一个月后，我接到了小雯的电话，请我去她家里一趟。考虑到阿姨的情况，我思量再三还是动身了。

"小雯？"

等了半晌无人应答，我试着一推，门开了。

小雯的家还是那样，狭小逼仄，地上摆满半成品竹篮。不知道是不是错觉，气味有些怪。

我把带来的水果放在门口，看见阿姨就坐在门边。

"阿姨好，小雯呢？"

老妇人没有理我。长而蓬松的白发披散下来，左手不停地忙活。接着我惊恐地注意到，她虽然做着编竹篮的动作，手里却没有任何东西，眼神也呆滞涣散。

"阿姨！阿姨您没事吧？阿姨！"

"阿姐……"

蚊子一般细微的声音从卧室里传出来，是小雯。

我连忙跑过去。小雯躺在床上，脸色憔悴。

"阿姐，我妈没事。有点老年痴呆，一阵一阵的，过会儿就好了。"

"那你？"

小雯摇摇头。

"阿姐，那时是我不对，对不起。"

"别说了，都过去这么久了……"

"阿姐，你能不能再帮我一次？"

十一

小雯想让我帮她做一场会议同传。

听了这个，我的第一反应是拒绝。

我英语水平还行，但我也知道，并不是英语好就能做同传的。

同声传译是一项需要长时间打磨的专业技能，并且每次都要根据任务准备很久。有些会议的专业性很强，对这一领域一无所知的译员就算听中文都不一定懂，更别说翻译了。隔行如隔山，不同专业的人看问题的角度都是不一样的。人与人之间，还存在着知识体系的壁垒。

小雯说的那场同传就在后天，还是很专业的学术报告。

"我……我不行……"

小雯抓住了我的手，一阵噬骨的冰冷袭来。

"只要用这个，你就可以。"

原来，小雯还脑电帽时，竟然瞒着我留下了可以抑制 μ 波的小零件。

"阿姐，我改装过了，它能帮你短暂同步别人的想法。有了它，你就不是在做翻译，只是在说出自己的想法。"

看到我的眼神，小雯突然急了。

"我没有去侵犯别人的隐私！也没有干任何伤天害理的事！"

"我相信你。"

我相信她。小雯到底还是善良的，不然她不可能还住着破旧的老房子，没钱带母亲看病。

"我只是在做口译的时候用它。这样我就不用熬夜准备资料，不用担心没有出过国、不知道当地的风俗和习惯表达，一天下来做三场不同的会议也没有压力……阿姐，你不想试试吗？"

我不知作何回答。这项技术太可怕了，小雯半夜的凝视还在深夜的噩梦中徘徊，我害怕自己有一天也会变成别人的复制品而不自知。

"阿姐……"见我犹豫，小雯的眼泪慢慢地流了下来。

"我问了很多人，他们觉得时间太急、报酬太少都不愿意接……我又不敢告诉他们这个事……都怪我身体实在是不争气……领导下了死命令，如果这次开了天窗，我在这一行就再也混不下去了……"

小雯的无助与恐惧原封不动地印在了我脑海中的镜子里。面对这个濒临崩溃的家庭，我怎么能忍心见死不救呢？

"好吧，我再帮你一次。"

十二

我天真地以为，只要在做同传时站在演讲者身边同步他的脑电波，就可以越过语言的壁垒，直接理解到他想要表达的意思。虽然有点冒险，但也没有别的办法。

提前一个小时来到那个大型会议室看现场时，我蒙了。

原来做会议口译的时候译员并不上台，更别提近距离接触演讲者了。我被领到会议室后面的一个小屋子里，只有电脑和麦克风相伴——"同传箱"。

恐惧又开始随着肾上腺素一起飙升。距离如此之远，我怎么可能同步到演讲者思想呢？如果同传失败，小雯的职业生涯会不会毁在我的手里？那天几乎是跑着逃离了小雯压抑的住所，我开始后悔当时没有仔细问她具体是怎么操作的。

狭小的同传箱似乎在将我逼上绝路。

我摸了摸藏在头发里的μ波抑制仪，下定了决心。

以提前熟悉演讲者口音为由，我从主办方那里得到了主讲乔姆斯先生的行踪。我在大厦附近一家热闹的咖啡厅找到了他。那是一个银发苍苍的英国学者，端坐在嘈杂的人群中，半眯着眼，不知道在想些什么。

我偷偷坐在他的身后，一点一点调高抑制仪的频率。

失去了μ波的束缚，我大脑中的镜像神经元系统立刻同步了他当前的感受。

椅子不太舒服，他的腰腿和颈椎处有些隐隐作痛。也可能是年纪大了的缘故。似乎有一点疲惫，这里的气候也令他不适。咖啡太甜，他喝了一口就腻了。

不，这不是我想知道的。

加大功率。

平和。我感到了一股来自岁月的平和。

即使要在三百多人面前演讲，即使第一次来到这个陌生的国度、在异样的环境中独处，一湖心水波澜不惊。世界沧桑阅尽，繁华不过过眼云烟。亲人出现又消失，朋友亲密又疏远。我明白了，他在享受孤独，在平和中享受孤独。

但这也不是我想要的。

加大功率。

纷繁而细致的思想在我的脑海中浮现出来。是英语。是他在和自己对话。

我的心跳加快了。他在梳理演讲的内容。

闭上眼睛细细感受了一会儿，我掏出纸笔速记。十分钟后，我的笔记本上画满了散乱的符号和根本不认识的单词。即使能在半个小时内查出它们的意思，要全部掌握并顺畅翻译也绝非易事。更别说现场的随机提问了。知识的壁垒横在眼前。

不行，我要了解更多。

加大功率。

穿过具体的思想，我陡然来到了一片神奇繁华的异世界。学者五十多年来在生物学领域辛勤耕耘的成果化成了一个严整细密的世界观，此时正在我浅薄的大脑里迅速发芽长大。千百片叶儿是具体成文的知识，在无风的意识世界里沙沙作响，不断融合，不断分裂，不断碰撞。联通一切的文脉是科学的方法和理念，它为所有的成果提供养分，并促使着新的叶儿诞生。这棵知识之树扎根的土壤，是坚实的科学思维和端正的人生观价值观。

我还想了解更多。

加大功率。

看似坚实的土壤扑面而来，幻化成了朵朵记忆之花。我能感到他拥有第一本书的欣喜，养育第一株植物时的小心，投身于生物学领域的狂热，彻夜进行实验时的孤寂；我看到他因为偷窥修女而被严厉的教父呵斥，看到他为追不到女孩而暗自伤神，看到他紧紧握着妻子皱巴巴的手，即使那已没有一点生命的气息。在这些一闪而过的记忆中，我还看到了一些熟悉的名字……我不知道这是不是我们的记忆在融合……

那一瞬间，我经历了他经历过的一切，我几乎就是他。

那一瞬间，我仿佛也成了一位沧桑老者，睁开眼睛，世界上的一切都在我的眼里起了变化。

我明白了为什么有些人我们永远也追不上，或者说永远也理解不了。

人不可能两次跨入同一条河流。我们也无法在同样的时间复制相同的经历。

不复返的河流，不复返的时间。

隔绝在人与人之间的，其实是时间的壁垒。

最后，我停在潜意识之前，如临深渊。

我没有加大功率，那深渊却在凝视着我，吸引着我。

"来吧，你还想了解更多吗？"

我猛地拔下抑制仪，浑身冷汗。

十三

那场同传很成功，但凝视深渊的恐惧一直无法消散。

我很后怕，如果我同步了那位教授的潜意识，会发生什么呢？

大脑的结构和神经的联结方式各有不同，但是在某种程度上，人类的意识又是如此容易相互影响。

美国人类学家鲁思·本尼迪克特说过："落地伊始，社群的习俗便开始塑造他的经验和行为。到咿呀学语时，他已经是所属文化的造物，而到他长大成人并能参加文化的活动时，社群的习惯便已经是他的习惯，社群的信仰便已经是他的信仰，社群的戒律亦已是他的戒律。出生于他那个群体的儿童都将与他共享这个群体的习俗。"

思维的和谐共振就是一方文化，思维的最大相似点成就了一种民族。在浪潮之下，又有多少人能够避免成为乌合之众的一员。

最近读过的书会影响写作的风格，一碗包装得当的心灵鸡汤能激起短暂的斗志；模仿结巴容易成为结巴，东北口音极易在熟人间传播。

就像初中时的一道化学试题：将一堆煤块放在雪白的墙角，那么随着时间的推移二者会彼此渗透，甚至在墙壁的深处也能找到煤炭的踪迹。

我做了什么呢？把煤炭和石灰全部打成粉末又搅拌在一起，再把它们砌成墙的样子。我，还是原来那堵墙吗？

电话里，小雯说她也从未如此深入过。

"我之前都是请主办方提供特殊设备，让我能够待在演讲者附近……对不起阿姐，我没早点和你说清楚……我也不知道功率这么大会发生什么……"

我现在极其后悔答应她的请求，甚至怀疑当时她偷偷用μ波抑制仪放大了我的同情能力。

事已至此，怪谁也没用了。

我在网上疯狂搜索相关理论，但一无所获，小雯当年搜到的论文也在互联网上没了踪迹。

我开始仔细观察镜中的自己，想从颤抖的双眼中窥视一个苍老的灵魂；我开始注意自己的走路姿态，害怕有一天会在不自觉中佝偻；我开始反复阅读之前写的日记，细细揣摩思维方式有没有改变……

不知道是不是错觉，我并没有像小雯变成我一样变成那位生物学教授。一丝一毫都没有。不过，那些记忆和知识都还在，我会忍不住试着回溯它们，就像在一个浩瀚的精神宝库中摸索。

在那些随着岁月模糊的记忆里，我又看到了那个熟悉的名字，一个和教授与我都有交集的人。我的心狂跳起来：μ波抑制技术并不简单。

次日，我在实验室拦下了自己的导师。

十四

"杨老师，您的妹妹杨然是不是乔姆斯教授的学生？"

儒雅的老妇人一愣，掩上了房门。

"你是怎么……？"

"我和乔姆斯先生有一面之缘，他讲了一些事，我不太懂……"我简

要提了一下 μ 波抑制技术。

"小程，你知道赫布学习原则吗？"

我点点头。

给小雯查资料时，我接触过这方面的理论。简单来说，就是基于神经元突出可塑性的基本原理，对相邻神经元进行刺激，使神经元间的突触强度增加。这个理论听起来玄，但是早在 2017 年就已经有了利用经颅直接电流刺激技术提升外语阅读的研究。

"二十年前英国的一项研究发现，如能暂时抑制 μ 波，镜像神经元系统就会自动同步临近人类的脑电波。同步时，微妙的电刺激能够增强神经元突触的一些联结，甚至增加新的联结。学过神经语言学的都知道，尽管思维十分精妙，但人类并不存在一个超脱于物理层面的'心智'：大脑的电活动就是意识本身。

"就像恩格斯所说，我们的意识和思维，不论看起来是多么超感觉，总是物质的、肉体的器官，即人脑的产物。

"所以，只要改变神经元突触的联结方式，就有可能在一个人的大脑里复刻下另一个人的意识和记忆。"

"老师，那也就是说——"

杨教授摇了摇头。

"不行。我们做过很多实验。就是不行。"

"为什么不行？理论上来说——"

"大脑不允许。自愿参与实验的人，尤其是进行了深度同步的人，大脑或多或少都受到了损伤。除短暂的意识混乱外，有的得了纯词聋，分辨得出自然界的声音却听不懂话语，有的得了 Wernick 失语症，话语流利却没有意义，更多的人精神分裂，不再记得自己是谁。还有杨然……小然当时在读博士，开心地发邮件给我，说自己参加了一个革命性的实验，她……"

恐惧顺着我的小腿向上爬，凉丝丝的。在乔姆斯先生残存的记忆里，我已经模糊看到了最可怕的结局。

"……她的大脑死了。"

植物人。

上一个使用这项技术的人，变成了植物人。

有一天，我也会变成这样吗？恐惧让我几乎丧失了判断力，仿佛能听到两个意识在大脑里撕扯。

"为了防止更多的人受到伤害，当时知情人士一致同意暂时封存这项研究，等人类对大脑的认识更加成熟以后再重启。不过，这项技术既然是可行的，就难免有人独立研究出来。复制他人思维和知识的诱惑太大了，一旦研究成果再次问世必定会带来混乱……学界达成了一致，凡是有点名气的期刊均会找理由拒绝类似的论文，网上的相关文章也会被尽快删除。孩子，这是潘多拉的魔盒，凡人一旦开启只能带来灾难——孩子，你没有试过这个技术吧？"

"我，我当然没有……"

离开实验室时，我瞥见杨教授看向了脑电帽。

十五

"以后别这么干了。"我把可怕的后果向小雯一一列举，希望她可以停手。但是，她的关注点似乎在别处。

"阿姐，你深入同步了那位教授的记忆和知识？"

"嗯？"

"唔……其实当时我也不是没试过调高频率，可总感觉是在受到另一种意识的侵蚀，根本无法做到像阿姐这样两种思维泾渭分明、同时存在。

阿姐是怎么做到的？"

我该怎么向小雯解释呢？

杨教授告诉我，在那些惨烈的实验中唯一幸存下来的人是一位右额叶发育不全者。这样的人语言功能正常，却在交际方面存在特殊障碍——他们很难理解其他会话者的言外之意，因此难以融入任何集体。

他们常常都是无比孤独的，像我一样。

大概正是因为青春期那段噬人心肺的孤独导致了我大脑右额叶发育异常，这使得我无法正常与人交际，却正好保护了我不受他人意识的侵蚀。

我和小雯的大脑不同。她总是轻易地被我影响，我甚至可以站在他者潜意识的深渊之上凝望。

这将带给小雯更大的打击，但若能让她远离这个危险的技术也好。

可我错了。

"阿姐，原来这么简单啊，"小雯露出了轻松的表情，"右额叶？我记住了。"

"你想干什么？"

"阿姐，你知道这项技术意味着什么吗？我算是明白了，人和人的差距很大程度上都是基于知识和思维。知识就是金钱，思维就是财富。可知识要记，思维要练，想成为人中龙凤少不了长年的积累。我们这些输在起跑线上的人，哪有那么多时间和资源？"

"可你真的不害怕吗，你不怕大脑被其他意识占据，甚至失去自己吗？"

小雯笑得更开心了。

"自己？到底什么是自己？大脑？大脑每时每刻都在变化，那到底哪一个时刻是自己？身体？每三个月全身的细胞就会更新一次，是不是一年就要重生四次？记忆？过去的记忆本身就在随着时间流逝，现在的我和过去的我还是一个人吗？"

"这……"

"阿姐，最重要的不就是当下的感受吗？如果此时能够幸福，幸福来自何方重要吗？如果回忆能够甜蜜，回忆来自何人重要吗？"

我无言以对。

"阿姐就是胆子太小了。我知道，你不就是想融入人群吗？换作是我，早就拿着μ波抑制仪去同步她们的想法了，保证很快能成为人见人爱的交际花。可是，你敢吗？"

"我……"

"阿姐，我和你不一样，我已经没有什么可以输掉的了。"

望着她的笑脸，我终于看清了二人的差距：面对坚不可摧的壁垒，我的选择每每都是逃避，而她，从未放弃打破它的想法。

十六

那场交谈过后，杨教授发现脑电帽被人动过，很快在监控录像里锁定了小雯。偷窃加上长期缺课，她被劝退了。

帮她收拾行李那天，两人沉默了很久。

"阿姐……你能再帮我一个忙吗？"

"你说。"

出乎意料地，她掏出了μ波抑制仪。

"阿姐，我求你了，同步一下我吧，好吗？"

毕竟是我间接导致了她的退学，怀着愧意，我点了点头。

与同步乔姆斯先生的大脑不同，这次的旅程十分痛苦。

压抑、隐忍、疲惫、不甘、焦虑……

知识体系支离破碎，思想混乱不堪，世界观在一次又一次的打击下不断毁灭又重生……

父亲抛家弃女时无情的嘴脸，母亲接受治疗时痛苦的呻吟，做不完的习题，背不完的资料，旁人的嘲弄，老板的压榨，而我对她的关爱竟然是一片黑暗中唯一的光彩……

我看到了一些危险的想法，但在小雯的价值观体系下，竟然是唯一的出路。

最后，我再一次站在了他人潜意识的深渊之上。

抑制住几乎要破体而出的恐惧与抗拒，我深吸一口气，一跃而下……

再次看到泪眼汪汪的小雯，我意识到今天是她的生日。

"生日快乐"实在是说不出口，网上看来的一句话却在我脑中徘徊不去。

"小雯，如果快乐太难，那我祝你平安。"

十七

小雯几乎在我的生活中消失了。

有那么几次，我在电视上看见了她。大多是省一级的外事活动，小雯穿着西装套裙跟在领导后面，低头做笔记。翻译的镜头一向不多，我也看不清她的表情。她既然能接到这样的工作，母女俩有个体面的生活应该不成问题。

我知道，她绝对不会就此满足。

我做好了世界发生剧变的准备，期待她能走上前台掀起一场认知革命，带领无数人打破壁垒。

我一直没有等来。

周遭一切如常，小雯渺无音讯。

又过了五年，她突然发消息请我去母校附近的咖啡厅谈谈。

我知道她想谈什么。

在路上看到好几个男人用妖娆的姿势撩头发的时候，我就知道她已经成功了。我好奇的是，为何这场变革没有引起任何关注，如此无声无息。

来到咖啡厅，我几乎认不出她。

赵雯剪了精干的短发，发尾的弧度完美修饰了脸型。妆容得体，气场十足，俨然一位精英女性。我只是一副家庭主妇的打扮。这个场景，让我想起了当年阳光下的高中舍友。

"程碧？你是程碧吧。"

"嗯。"

"不好意思哈，我记性不太好。右额叶的手术不太成功，还是得了阿尔兹海默症。"

赵雯指指自己的额头，那里有一条淡淡的疤痕。

"这……"

"没事儿，我的钱够多了，就算变成一个傻子也能过得很好。"

赵雯咯咯咯地笑了起来。

"我成功了。杨嬷他们还傻乎乎地守着所谓的'秘密'，一丁点都没发现世界早就变了。对了，你不在那个高度，你看不到。"

和我当时想的一样，赵雯没有止步于做口译，而是利用 μ 波抑制技术组建了一个"知识共享学会"。在各个领域深耕许久的大牛通过镜像神经系统互相同步，以获得在特定领域里的知识与技能。当然，为了保护自己的意识，每一个人都接受了改造脑右额叶的开颅手术。

"自己死学是太笨了，用这种方法，一秒钟就可以得到人家五十年的知识。"

"真厉害。这种技术普及以后就不用老师了，孩子只要……"

"做梦！"赵雯突然打断了我，"凭什么要普及？学会门槛高得很。我调查过你，要不是念在早年对我有恩，就凭你，一辈子连学会的存在都不会知道。"

我无言以对。

赵雯滔滔不绝地说着，想让我明白加入学会是一项多么大的恩赐。只在服务员经过的时候停了一两秒。我注意到，那一瞬间她的眼神似乎有些迷茫。

"怎么了？"

"这桌菜上齐了。等会儿就换班。"

"什么？"

"啊？哦，我说学会的成员一半都是博导，他们——妈妈我不想在这吃！"

一个孩子跑过，赵雯的语气又突然变了。

这回我看懂了。长期抑制之后，赵雯脑内的 μ 波已经很弱了。她在不受控制地同步身边所有人。

"对了，你妈妈怎么样？治好了吗？"

"什么？妈妈？在后厨做饭呢。不对……在美国疗养？不对，是昨天那个老板的妈……去打麻将了？回老家了？没事，忘了，不管了。"她切了一块牛排，优雅地咀嚼。

看着她一脸无所谓的样子，我的心一动。

"我有件东西要给你。"

"啊？什么？对了，对，你是有东西。我上次翻了笔记，好几年前写的，让我有时间一定要找你一趟。是不是欠我钱啊？"

我已经明白当年在寝室分离时，她为什么要求我做那件事了。

十年前，我把 μ 波抑制仪的功率调到最大，镜像神经元系统瞬间完全同步了她全部的脑电波。

她的感受、她的思想、她的记忆……

还有一处连她自己都意识不到的地方——潜意识之渊。

一般人到达这个程度后精神必然崩溃，但得益于常年离群索居的生活，特殊的脑结构帮助我生生扛住了另一种思维的侵蚀。

那片幽深混乱的思维深渊里，我看到了她隐藏最深的渴望。

乔姆斯先生曾有一个假设：意识本身就是极易模仿他人的动态混沌系统，古时候的人类很可能就是一种能够共享思维的生物，μ波的存在则是在意识之间拉上微小的细绳。随着时间的推移，思维的汪洋变身成滴滴水珠，越离越远，最后飞上太空，变成了无数相距数万光年的星星。一个个独立的自由意志难以交相辉映，却也闪现各自的光彩，不能相互理解，但足以合作共存……

她想要做的，却是打破这生命的壁垒。

那时她就知道，自己要走的是一条不归路。她的大脑将被无数人的大脑改变，也将改变无数人的大脑。她可以透过一万双眼睛看世界，飞上最高的天际，飞越所有壁垒。她将得到一切，也将失去自己。

所以，在开始之前，她找到了我，让我同步了她那时的大脑。

那一瞬间，我的大脑留下了那个时候全部的她，一个还没有被其他意识过度入侵、最为纯粹干净的她。

十年了，我再一次走近她。

"小雯，这是你当年寄存在这里的，阿姐现在还给你。"

十八

　　她的眼睛睁大了，大口地喘着粗气，像刚从深深的潭底浮出水面，泪水也不受控制地涌了出来。

　　"阿姐，我忘了，我忘了阿妈还在等我……我怎么能忘了……"

　　她拉着我冲出门去，奔向那个早已被忘记的家。

　　楼道里静得可怕。

火花 Hibana

钛艺

◆ 第 31 届银河奖最佳短篇小说奖获奖作品

其一

世界上只有一种真正的英雄主义，那就是认清生活的真相之后依旧热爱生活。

——罗曼·罗兰

"小护，上课的时候要听老师的话，不可以随便乱动。"盐野亚子一边蹲在小护的面前打理着他的校服，一边嘱咐道。

"嗯。"小护盯着母亲的手发呆，一脸茫然。

"小护，看着妈妈。"

男孩机械地抬头看着亚子的脸，依旧面无表情。她重新嘱咐了一番，看到小护点头后才继续打理。

打理完之后，小护就转身跑进校园里。

初冬已至。盐野亚子穿着卡其色呢子大衣，领口裹着白色与卡其色相间的羊毛格纹围巾，步行去两个街区外的便利店打工。她在店里做售货员，换上店员的制服，整理柜台和货架上的货物，有客人来到时，就会站到柜台后面为他们选的货物扫码和收费。

在日复一日的枯燥生活中，亚子却总是心神不宁，因为小护经常在学校里闯祸，有时亚子甚至会在工作的时候接到老师或者校长打来的电话。

希望今天不要接到什么电话，亚子在心里祈祷着。不过她知道，这一切都不是小护的问题。

小护患有儿童孤独症。

早在小护五个月大的时候，亚子和丈夫就发现了端倪。每次小护盯着父母看时，脸上不露出任何表情。他发声也比同龄的孩子晚，直到一岁之后才发出了呀呀声。这些隐忧促使父母带他去看医生，医生在确定小护没有听力问题之后，进一步做了GARS-2行为观察量表和核磁共振。由于核磁共振的报告显示小护双侧的侧脑室周围有异常信号，髓鞘化延迟或脱髓鞘。结合主治医生的临床观察，最终小护被确诊为儿童孤独症。

盐野夫妇永远忘不掉那天发生的一切。

看到诊断结果的瞬间，亚子就哭了出来。虽然她的心里早有准备，但眼泪还是止不住地落了下来。亚子抱住了小护，但小护没有什么反应。他对亚子的泪水置若罔闻。

"为什么是小护呢？"亚子心里想道，"你以后也会对妈妈的眼泪视而不见吗？"

小护的主治医生交代给盐野夫妇很多事情，当然安慰的成分更大一些。亚子开始天天上网，或者跑到市立图书馆，不停查阅相关的资料。而丈夫盐野亮在繁忙的工作之余也会帮忙整理资料，将两人觉得很重要的信息打印出来。

在慢慢梳理孤独症信息的过程中，盐野夫妇才逐渐理解小护面对的到底是什么。这是一种持续终生的发展性障碍，至今病因不明，研究者们只能得出同遗传和免疫有关的结论。因此，即使关于孤独症的治疗方法层出不穷，患儿的治愈率也并不高。很多情况下，对于一个患儿有效的治疗方法，对于其他患儿却没有一丁点效果。作为一种慢性病程的障碍，孤独症的预后较差，三分之二的患儿在成年后无法独立生活，需要父母或相关组织的照料。

这比他们所能想象到的最坏情况还要糟糕。

为了和孤独症对抗，两人把所有能查到的治疗方法搜集起来，并仔细研究其治愈率和具体案例。资料鱼龙混杂，流传着千奇百怪的疗法，他们从中挑选了一些进行尝试，比如维生素 B_{12} 疗法、无奶制品无豆制品食疗以及纯氧加压疗法。看着小护被送进治疗潜水员减压症所研发的高压氧舱中时，亚子对治疗效果充满期待。

但这些方法完全没有起到任何效果。小护快到三岁时，在盐野夫妇眼中，他的孤独症状况好像更加严重了。原本只是对周围声音——尤其是父母的说话声——非常漠视，后来他开始出现重复性的行为，比如他会突然撞墙，倒地后爬起来会继续向墙撞去。这些行为可把亚子吓坏了，夫妇两人商量来商量去，只好在整个家里的墙面上安装了跟小护身高平齐的橡胶垫，防止他冲向墙面后把自己弄伤。

鉴于这种情况，盐野夫妇认为他并不适合去普通的幼儿园。丈夫是一名在职的软件工程师，工作任务繁重，在项目的设计、编码和上线阶段几乎天天都要加班，但起码薪水还不错，一个人的收入也能刚好补贴家用。在夫妇两人多次商量后，从事办公室文员工作的亚子辞掉了工作，专门在家中看管和教育小护。

既然原先尝试的手段都不能改善小护的病情，两人便决定使用 ABA 疗法（Applied Behaviour Analysis，即应用行为分析疗法）来看看效果。

一开始了解到这种疗法的时候，亚子多少有些排斥，因为据说 ABA 疗法会利用大量诸如噪声和体罚这种厌恶物来塑造孩子的行为方式。这让亚子想起自己小时候家里养的小狗。那时候为了训练，小狗可受了不少罪。小护又不是小狗，自己不可能这样对待他。丈夫亮则说这种疗法就像为机器人编程。这种刻板的方法会不会有效，两人都将信将疑。

后来他们咨询过治疗孤独症的专家后了解到，现在的 ABA 疗法可以尽可能减少对厌恶物的依赖（当然与奖励机制相对应的惩罚机制还是必须存在的），主要以奖励手段来激励孩子行为模式的形成。而且在这么多种孤独症的治疗手段中，ABA 疗法的效果向来高于其他疗法。

盐野夫妇最终下定决心，准备找 ABA 疗法的专家为小护进行治疗。不过看到专家不菲的报价后，两人倒抽一口凉气。每年的治疗费用接近于一家人半年的总收入，同时谁也无法保证治疗绝对有效。

简直就是一场豪赌。

但是没有办法，ABA 疗法对部分高功能孤独症患者有一定效果。盐野夫妇明白，早在小护被确诊为儿童孤独症的那一刻起两人就已经坐到了赌桌旁，哪怕赔得倾家荡产也必须尝试。

盐野夫妇拿出了家庭记账簿，把存款、未来三年里丈夫的收入、要偿还的贷款和专家所需的费用罗列出来，讨论了整整一天的时间，拟好未来三年里全家的预算。

节衣缩食恐怕是要一家人长时间面对的事情了。

咬咬牙撑过去吧。亮和亚子看着在角落里沉迷于自己世界的小护，便下定了决心。

其二

在日本孤独症治疗界比较有名的两位 ABA 疗法专家被盐野夫妇请到了家中。

"请问，这里是盐野府上吗。"门铃响后，亚子打开屋门，一男一女向她问道。

"是的。是山崎和岩井两位老师吗？"亚子问道。

"嗯，是的。"两人分别递上名片后彬彬有礼地鞠了一躬。接过名片，亚子看到山崎瑞人和岩井理惠的这两个名字。他们看起来有三四十岁的样子。小护的主治医生曾多次提到过这两个名字。

亚子压抑住心中的激动，将两位专家带过玄关，进到起居室中。坐在沙发上的亮站起身来，跟两人握手，表情上带着一丝紧张。而小护继续坐在沙发上，眼睛只盯着地板看，哪怕是陌生人进屋的声音也不能引起他的注意。

两位专家从进门开始就不断检视家中布置和装修的情况，然后观察小护和父母的互动状况。

"可以去小护的房间看一下吗？"山崎老师问道。

"可以。这边请。"亚子拍拍小护的肩，示意他和大家一起上楼。不过小护一直没什么反应，直到亚子拉着他的手往楼上走去。小护并不抗拒，只是顺从地跟在亚子身后。进到小护的房间后，亮和专家们一起席地而坐。两个专家打量着屋子里的布局，而小护坐到角落里，拿着一个玩具的火车头玩个不停。

岩井老师慢慢坐到小护身边，看小护并没有拒绝自己，然后用适中的音量问道："小护喜欢火车吗？"

没有反应。

亚子过去拍拍他，接着说道："老师在跟你说话呢。"听得出来，亚子的声音有些焦虑。

岩井老师向亚子摇摇头，之后从自己随身携带的包中拿出了一个木制的涂着红漆的胡桃夹子玩偶，轻轻放到小护面前。小护的目光被新玩具吸引过去，便放下手中的火车头。

"你好。"当小护的手抓到胡桃夹子时，胡桃夹子说道。亚子看到小护那充满惊讶的神情，不禁露出笑容。

"小护，你可以跟它打招呼哦，这样它就会跟你说话了。"岩井老师放慢语速对小护说道。为了让小护理解自己的意思，岩井老师之后又说了两遍。

"你……你好。"为了组织语言，小护花了很长时间才开口对胡桃夹子说道。

"小护真棒！"岩井老师轻轻挠着小护的腋窝，逗得他咯咯直笑。

渐渐地，小护和岩井老师的关系变得融洽起来。老师不厌其烦地教小护和胡桃夹子玩偶交流，而玩偶的语音反馈简明易懂。看着小护突然拾起长久未用的语言能力，亚子有些惊讶。

"在对小护进行 ABA 训练之前，两位家长一定要理解他现在的处境。"山崎老师对亮和亚子说道，"小护的感官知觉是失调的，这意味着他不能过滤正常世界里的大部分信息。打个比方，如果两位此刻把小护带到游乐园，你们会自然而然地将视觉、听觉甚至是嗅觉和触觉中席卷而来的大量信息都过滤掉，然后寻找你们的目标信息，比如寻找过山车的售票点，或者购买冰激凌，或者是和穿着布偶装的人们合影。但小护做不到。

"对于他来说，这些信息无法被他的大脑加以区分，以至于他是被这些信息以异常残暴的方式对待。看得出两位对待小护很用心，我和岩井老师都查看过了，家里没有会对他产生这种不良影响的东西。不过两位还要多加注意，小护的行为举止很多都源自于此，只有你们充分理解这一点，才能同小护展开良性的互动。"

三个人看向小护。虽然岩井老师在和小护嬉闹，但能看出小护的互动能力比起同龄的孩子来说欠缺很多。他时不时就会走神，同时对于心里想要表达的东西完全没有诉诸复杂语言的能力。好在岩井老师的经验十分丰富，会引导小护用表情或是最简单的词汇来表达自己，每当他做到之后，岩井老师就会用各种方式奖励小护。

"现在岩井老师跟小护进行的互动就是 ABA 疗法的一部分。"山崎老师随后将小护的情况与两位家长需要注意的事情做了详细讲解。

由于小护的感官知觉是失调的，所以要格外注意小护对于信息的接受能力。在跟小护进行语言交流时一定要避免使用成语或是比喻，在很长时间内他都可能无法理解语言的复杂用法，这需要后期一点一点锻炼。但现在，两人必须学会将一切复杂的交流全部分解为最粗浅的指令，并一点一点去教给小护，这就是 ABA 疗法的精髓。

"岩井老师，咱们教小护说谢谢吧。"山崎老师跟两人解释完之后向岩井老师提议道。

"好呀。"岩井老师笑着点点头。

她用手机为胡桃夹子玩偶设定了一段对话。当小护走近被放置在地面上的玩偶时，玩偶对小护说道："可以将我拿起来吗？"

而小护用手将玩偶拿起来时，玩偶就说道："**ありがとう**（谢谢）。"

"小护知道谢谢是什么意思吗？"岩井老师问道。

小护只是盯着玩偶看，岩井老师再次问过一遍之后才摇摇头。

"谢谢是在别人帮助自己之后会说的词。小护要不要跟我一起学啊？"他依旧没有看岩井老师，但童真的脸上充满笑容。

她拉长语调，慢慢念着"A-Ri-Ga-To-U"的读音，小护则用稚嫩的声音跟着念，重复了多次才把读音记住。

山崎老师对盐野夫妇说道："表情和语言都是重要的社交线索。小护不仅难以对交谈做出反应，对于人们的表情恐怕他也无法立即读懂。两位需要锻炼小护这方面的能力。以后无论小护在家中提出什么样的要求，都务必让他先看你们的表情。"

虽然初识两位老师给亚子和亮带来了些许希望，但也让他们明白，未来的挑战无处不在。即使经验丰富如岩井老师，第一次也没能让小护看着她的表情说话。

"我能不能做到呢？"亚子在心里问道。

而一旁的亮则把老师们说的事情都在本子上记了下来。请来的老师固然重要，但山崎和岩井老师每两周最多能来一次——邀请他们去做辅导的预约已经被安排得满满当当了。山崎老师说，无论是从接触时间还是从亲密程度来说，双亲才是小护最重要的老师。盐野夫妇尽可能记录下老师们教授的互动方式，准备日后尝试。

傍晚吃过晚饭，送走两位老师之后，小护又自己坐在房间里摆弄着火车头。胡桃夹子玩偶作为老师们带来的见面礼留给了小护，但此时的他已经失去了兴趣。

亮拿起了胡桃夹子，根据山崎老师留下的网址查找到玩具公司的信息。原来这是一家叫作"火花"的公司。

"我可以对胡桃夹子升级，让它具有更多对话模式。另外说不定还能增加很多其他功能。"亮一边看着网页上的介绍，一边对亚子说道。

虽然对这种玩具机器人的运行原理不太懂，不过根据小护今天的表现情况来看，亚子依然明白这是一件非常实用的礼物。两位老师果然经验十足，亚子感慨道。

"你会好起来的。"亚子突然说出了声。小护并不理解这句话的含义，而亚子却非常清楚，这句话其实是说给自己听的。

其三

在小护上学之前，亚子留在家中，专门用学到的 ABA 疗法同他展开互动。

和岩井老师一起时，小护的语言能力只是昙花一现。为了夯实他的发音基础，亚子利用 ABA 疗法中的塑造法，不厌其烦地教小护念出五十音图的基本发音。

对于高功能的孤独症患儿来说，这种方法在新行为的塑造方面比较有效。其本质就是要将大目标分解为小护容易执行的小目标。亚子要根据这些小目标的执行情况对小护进行反馈，如果小护的行为和想要达到的结果相似，亚子就要通过奖励来不断强化这种行为，直到小护可以熟练完成这个小目标。反之则要及时叫停。

在小护完成所有小目标后，亚子还要把它们组合成原本的大目标，让小护慢慢实现。这种教育的过程很漫长，比起其他儿童来说过于消耗精力和时间，但是没有办法——小护必须不断加强巩固这些同龄人早已学会的技能，不然很快就会遗忘。

当亚子教小护发音时，就会自己先张嘴，再让小护模仿这个行为。有时小护会一脸茫然地看着亚子，更多的时候则是四处张望。亚子只能不断想办法吸引小护的注意力，然后用手辅助小护去模仿这个动作。这个步骤完成后，亚子会要求小护发出声音。

小护发出的声音很可能和亚子要教他读的声音不一样，于是亚子不断重复自己的发音，然后要求小护慢慢去模仿这个声音。如果小护的发音越来越差，亚子就会叫停，认真思考怎样才能让小护的发音变得更加正确。随着互动进行，亚子不断强化小护的发音，直到他不需要接受辅助就能独立发出正确读音。

当小护能完成某个发音时，亚子就会由衷地感到开心。当他因为搞不懂某个发音而深感挫败时，亚子的心里也非常难过。为此小护会回避两人的互动，甚至会自残，用玩具小火车不断敲击自己的头。亚子只能阻止小护，威逼利诱小护继续参与 ABA 治疗。

每隔两周的时间，山崎和岩井两位老师都会在盐野家待两天，观察小护的情况，提出下段时间里两位家长应该做什么。为了帮助两位老师判断小护的情况，亚子和亮每天都会记录下当天教给了小护什么，以及小护的表现究竟如何。山崎老师称赞了夫妇的做法，说这样记录点滴的积累非常重要。

于是记日记这个方法贯穿了治疗的始终。

当漫长的五十音图学习结束后，山崎老师交给盐野夫妇一套常用语的书籍。

"先让小护熟悉最常用的语句，务必要经常使用。这样胡桃夹子机器人也能派上用场了。"山崎老师说道。

当盐野夫妇无法陪伴小护时，胡桃夹子机器人也可以和小护进行对话。

亮利用工作之余对胡桃夹子机器人进行了深入研究。

这种简单的 AI 机器人内部并不包含电机和运动轴，所以它无法独立行动，需要孩童把它拿起来才能进行互动。

不过它拥有大量埋在小小的木制外壳下的传感器，这些传感器可以使胡桃夹子机器人看到小护的面部，听到他说的话语，感知到他是否将自己拿在手中。利用这些感知的能力，机器人便可以判断与小护互动的内容。

另外，这种袖珍机器人的逻辑核心可以经由网络连接到母公司的服务器进行功能升级，以便获得更多同孩童互动场景的判断和相应的反馈模式。由于接口信息已经公开，亮可以利用自己的编程知识为胡桃夹子机器人带来新的功能。

当然，亮还没法利用传感器获得的复杂信息来直接进行编程。这些信息究竟代表互动者怎样的情绪，他完全一头雾水。对于这些信息的处理还是要直接调用母公司的用户情绪分析函数，这是没有办法的事情。不过，公司授权给用户一定的操作权限，可以将远程的反馈语音用新用户自定义的语音替换掉。亮用自己和亚子的声音将很多话语替换成教材中的常用语，这样就可以充分利用起机器人的功能，帮助小护巩固从亚子那里学到的东西。

另外，亮给机器人取了一个名字——"火花"。

"你叫什么名字呀。"小护奶声奶气地问道。

"我的名字是'火花'。"机器人回答说。

于是小护最初的玩伴也有了名字。

亮晚上会和亚子交流小护今天学到了什么，然后根据小护的学习情况来修改"火花"的反馈信息。有时夫妇两人会看到小护拿着机器人玩得不亦乐乎，不断重复今天学到的新短语。不过，更常见的是小护结束了一天繁重的学习之后，一个人蜷缩在自己的世界中。只要"火花"的语音增加一丁点难度，小护就会对它的反馈不知所措。这时的它不再是守护小护不受外界伤害的忠心耿耿的士兵，而更像是要把他卷入意义不明的、谜一般的、疾风骤雨的旋涡中的滔天巨浪。这时的亮总会来到小护身边，轻轻抱抱他，然后将胡桃夹子机器人拿到自己的电脑旁，一边和亚子讨论机器人应当如何反馈，一边着手利用编程工具调用官方的API进行修改。

这是一场长期的拉锯战。

每过几天，小护总会将他本已取得长足进步的语言能力抛诸脑后。稍微取得的进步总会被大大的退步所掩盖，盐野夫妇为此倍感压力。亚子不得不压抑自己不安烦躁的情绪，对小护重复之前的教育。而亮还是只能不断为工作忙碌着，然后抽时间帮助亚子。

一家人就像西西弗斯一样，每天都在奋力将石头推向山顶，却又总是目睹着石头滚落下去，没有止境。

"所以说，我究竟该怎么办呢？"一个万里无云的晴朗午后，亚子在讲述了小护不断反复的情况后，小声向岩井老师问道。

"对于很多患儿来说，这是常见的状况。"岩井老师安慰道。

"那么小护过段时间就会好起来？"亚子问道。

"嗯，根据我们过去接触的患儿来看，这是有可能的。"

"但不是百分之百的，对吗？"

岩井老师没有回答。两人沉默了一会儿，亚子接着问道："如果想让小护好起来的话，还要花多久的时间呢？"

两人再次陷入了沉默。

她们看着山崎老师教小护用蜡笔在大大的白纸上画着画，稚拙的画中有大大的太阳，有鲜花和绿草，有小护自己，有爸爸妈妈，还有岩井和山崎老师。在小护画完之后，山崎老师引导小护用已经学到的语言技能讲出画中的故事。

"亚子小姐，周末有时间吗？我想请你陪我去个地方。"岩井老师微笑着说道。

"当天就回来吗？"

"可能要过夜。"

亚子考虑了一下，然后点点头。虽然有些放心不下小护，但有丈夫在，肯定也没问题。岩井老师嘱咐亚子一定要戴旅行用的渔夫帽，穿好适合长途步行的鞋子。这是要去野外春游吗？亚子不禁这样想。不过她十分清楚岩井老师的为人，老师邀请她去的地方一定非常重要，她的心中充满了这种预感。

其四

在一个春末时节的周末，亚子穿着适合在野外出行的浅灰色冲锋衣，背着黑色的登山包。当然，岩井老师明确说她们并不是去爬山，所以穿着舒服的软底运动鞋即可。亚子自己一个人来到有绿色 JR 标识的车站。无云的晴空播撒着浓密的光线，此时艳阳已经渐露夏天那毫无节制的热度。不过毕竟是春天，吹拂到脸上的来自远方的风依旧十分舒爽。岩井老师已经在车站门口等候，微笑着向亚子招手。老师和亚子的行头很相似，两人会合后就刷 Suica 卡进入站台。

亚子跟随岩井老师上了一趟去往西北方向的电车。城市的风光不断从车上的窗口中退去，楼房越来越稀疏，田野和远处连绵的林山出现在亚子的视野中。三三两两的人突然出现在风景中，不知是农人还是踏青的游客。

这真是个出游的好天气。

过几天也带小护去踏青吧，如果丈夫有时间的话那就三个人一起出来，亚子在心旷神怡的景象中不禁想道。毕竟儿童孤独症患者的知觉和空间感知能力是有缺陷的，亚子每天都会带小护到户外练习简单的运动，他在户外通过蹦蹦跳跳的方式来摸索运动的节奏感和平衡性，这对于孤独症的康复来说是必需的事情。

电车行驶了接近两个小时的光景，两个人下了车，然后转乘两次大巴才能到目的地。第二辆大巴越过三四个并不高的山头，在一片杉树林前停下。到站下车后，岩井老师带亚子沿不宽不窄的道路走进这片林中。走了十分钟左右，她们两人进入一块开阔地，看到一个大大的农场。农场的大门挂着一块标有"小松寮"字样的牌匾，从屋里出来透气的看门人远远见到岩井老师后就挥着手臂。

"岩井老师你来啦？需要我让人来开车接你吗？"看门人的头发有些花白，精神却十分抖擞。

"谢谢啦，不过不必了。这么好的天气，我和朋友想多走走路。"岩井老师笑着说道。

看门人点点头，打开侧门为两人放行。还没进门，动物身上的味道就从里面飘了出来，多少有些刺鼻，不过亚子却觉得这里的味道令人十分怀念。这让她想起小时候去动物园的时光。

两人路过开阔的农田，后轮有一个成年人高的巨大拖拉机在田地上慢吞吞地履行自己的使命。农田后面密密挨着几处外观十分质朴的建筑。岩井老师向亚子解释着它们的功能，有的是鸡舍，有的是猪舍，里面充满各式各样现代化的养殖设备。当然这几处并不是岩井老师的目的地，所以先不带亚子去参观了。

向农场深处走了很久，亚子看到一片被木制栅栏围住的场地。场地里有一些障碍物，一个穿着浅色工作服戴着马术帽的男人正在骑马翻越它们。棕色的马速度并不快，但节奏感很好，伴着踏踏的马蹄声沿着既定路线灵活前进。当马儿升腾在空中时，亚子都会为骑手捏一把汗，不过视野中的骑手牢牢踩着马镫，抓马缰的姿势也恰到好处，看起来不会有什么危险。在越过最后一个障碍前，骑手对马低声耳语，而马也在回应着骑手，逐渐放下速度，调整好跳起的切入角度后才奋力一跃。

一次成功。

看到此情此景亚子不禁鼓起掌来。骑手从马的身上下来，轻轻抚着马的鬃毛。马的尾巴也雀跃欢腾着，活像一个被夸奖的孩子。

"平一郎！"岩井老师笑着向骑手招手道。

"妈妈！"骑手叫道。啊，原来是岩井老师的孩子啊，亚子在心里想道。

叫作平一郎的人将马牵出围栏，他的脸上还充满稚气，大概刚刚二十岁的样子。当两人走上前去的时候，亚子发现他的眼神在躲避着自己，时不时看着自己的鞋，或者看着马的眼睛。这种似曾相识的感觉让亚子很快就明白过来。

"这位是妈妈的朋友，亚子小姐。"岩井老师向平一郎介绍道。平一郎只是点了一下头，然后又扭头看向马。

高大的马仿佛也体会到了这里的气氛，屏息凝神地等待主人的命令。

"他叫平一郎，我的儿子。"岩井老师又向亚子介绍道。

"你好。"亚子微笑着向他点头问好。

"嗯。"他还是不看亚子。

"跟人打招呼时应该说什么呀？"岩井老师不急不躁地引导着平一郎。

"你……你好。"平一郎终于正眼看着来客，不过立刻又回过头去看着马的眼睛，一副在他人面前就坐立不安的模样。

平一郎牵着马向马厩走去，两人则在他身边跟着。岩井老师问了平一郎最近生活的情况，但平一郎无法都做出回答。对于有些问题他会想很久，甚至会停下脚步，而马和两人也会配合他停下。

平一郎的情况令亚子大感意外。看着他的时候亚子总会想到小护。如岩井老师这样厉害的教导者也不能真正改善平一郎的社交情况，这样的现实令亚子心里五味杂陈。

平一郎把马关进马厩，将马厩的栅门关好。"大家一起去吃饭吧。"等他在更衣室换好便服之后，岩井老师拍手说道，说罢便拉着平一郎和亚子去到两公里开外的食堂。

吃午饭的时候已经两点半了，毕竟两人到小松寮的路上花了很多时间。不过亚子被这里可口的蔬菜吸引过去。不仅种类很多，颜色很鲜艳，而且味道也是清脆可人。

"这里的蔬菜可真好吃。"亚子说道。

"这是平一郎和同伴们一起种的。"岩井老师回答说。

"是自己种的吗？你们好厉害！"亚子不禁感叹道。

"肉也是，是他们自己饲养的经济动物。"

"你们真了不起！"亚子对平一郎说道。这时平一郎虽然害羞地将脸别过去，但脸上露出自豪的笑容。

午休过后，平一郎继续参与劳作，而亚子跟随着岩井老师，在整个小松寮好好转了一圈。小松寮的规模并不小，听岩井老师讲有很多和平一郎相似的人在这里工作。

"因为专家们认为孤独症的孩子多跟动物打交道比较好，所以我便将平一郎送了过来。但如你所见，即使我和他的主治医生用尽了浑身解数，平一郎的孤独症也并没有痊愈，起码离直接在社会上自立生活这一目标很遥远。"

这就是问题的答案吗？听到这里，亚子的心不禁一紧。

"话说，我最近总是想起自己在年轻时听到的一则故事。你愿意听一下吗？"沉默了一会儿，岩井老师问道。

"嗯。"亚子点点头。

"故事是这样的——曾经有一个人在野外被狂象追赶，于是拼命奔逃，结果不慎坠入一口枯井中。下落时他侥幸抓住了一根悬挂在井中的藤蔓，狂象追不进来，他便稍微歇了一口气。但是没过一会儿他就看到有一只老鼠正在啃食着那根藤蔓的根部，井底也有毒蛇嘶嘶作响，而他身边的井壁上，有一条大蟒蛇在对他虎视眈眈。如此命悬一线的情况下，突然有蜂蜜顺着藤蔓流下，那人用手指蘸了蜂蜜，舔食之后赞叹道：'真甜哪！'"她慢慢说完故事，然后接着讲道，"这是佛经《四百论广释》中解释第二品时提到的故事，劝诫人们不要被一时的乐所蒙蔽双眼，要看清楚世事背后的苦。那井中的人也不应贪恋一时的甜蜜，而应尽力在险象中求得生机。"

这时，岩井老师转过身去，握住亚子的手，说道："可是，我却不这么认为。我觉得，在人生陷入无以复加的困境时，务必要记得甘甜的事物。这并不是逃避，而是一种修为。我们和孩子相处的时候，不要忘记羁绊中一点一滴的美好。这是我们一定要做到的事情。"

岩井老师的眼神如此坚定，亚子以前从没见过。

"嗯。我一定竭尽所能。"亚子回答说。

其五

不管过去多久，亚子依旧能回想起自己和岩井老师一起在小松寮度过的短暂时光。这件事在两人回家之后也被亚子记到了日记中。

亚子在那里的两天时间里详细询问了很多事情，比如小松寮的运转情况，还有孤独症患者在这里工作和居住的情况。

"这里会根据大家的情况分配工作和居住场所。有些患者的情况很棘手，进入社会的话一定会无所适从，但是他们在照顾动物或者种植作物的时候却表现很好。在和动物打交道的时候，他们要比普通人更加细心，动物也更依赖他们。耕作时也是，他们的注意力会全部放在工作上面，所以这里的作物收成都很好。如果有的患者不适合这两项工作，也可以去尝试其他职位，比如为蔬菜和肉类打包，以及在木材加工厂去做木工活。这里的货物在运输时所用到的木筐和木箱基本都出自他们之手。通过自己的劳动来自食其力，能够增强大家的责任感和自信心，而且可以活得更有尊严。

"至于住宿条件，管理者们也会按照每个人的情况具体分配。这里的居住地被称为潮寮，即'Group Home'，几个人住在一起，但又有自己的独立空间，互相帮助，又有完备的隐私条件，对于住在这里的人们来说还是比较舒适的。"岩井老师基本上知无不言，言无不尽。

在征得平一郎的同意后，岩井老师带亚子参观了他的房间。他的房间十分整洁，衣服收纳在从事木工的工友所打造的木橱中。简洁的橱子上还摆放着马术比赛的奖杯，而家人的照片也被放在奖杯旁。岩井老师说，私人空间的一切都可以按照自己的爱好来布置，至于潮寮里的公共空间则由住在这里的全体人员来共同决定如何布置和使用。

亚子感到自己不虚此行。

"我把小护送到这里，可以吗？"两人在为客人准备的房间住下时，亚子问道。

"可以是可以，但对于小护来说还太早。这里就像'榉之乡'这样的社会福祉法人机构一样，是专门面向成年以后孤独症情况也不能好转的人。"

"可是，如果小护一直不能好转的话，就……"这是亚子始终不想面对的可能性，只要一想到这点心里就会非常难受。

"我带亚子小姐来这里，只是想说，面对小护的情况请不要太焦虑。竭尽全力，把自己的一切都奉献出来。但面对无可奈何的结果时也请顺其自然，就像我面对平一郎时一样。这些孩子的内心其实非常纤细，家长的一言一行他们都会铭记在心里，如果太过用力就会事倍功半。所以亚子一定要改变心态，这样才有可能真正帮助到小护。"

"嗯，我明白了。"听到这里，亚子握住了岩井老师的手，说道，"十分感谢。"

"不客气。"岩井老师笑着回答。

从小松寮回来之后，亚子的心态发生了巨大转变。当小护的语言能力发生了倒退时，亚子也不再急躁。坏的情绪传递给小护之后，他会更加抗拒学习，亚子早就明白了这一点，但之前的自己并不能很好控制住情绪。现在她觉得结果已经不再是必须要保证的东西。

亚子的内心如此爱着小护，所以现在和他相处的一点一滴都是幸福的结晶。

在和丈夫畅谈了小松寮之旅后，他也觉得受益匪浅。他很认同岩井老师的观点，认为切不可用力过猛。循序渐进，做好父母该做的事情，剩下的就只能看小护自己了。面对反复的情况夫妇两人还是会急躁，但他们已经明白了，如果想让小护战胜缠绕其身的病魔，那么夫妇两人非得先战胜自己的心魔不可。

这才是他们需要竭尽所能来面对的事情。

在那阴暗潮湿而又危机四伏的井中，顺着藤蔓滴下的蜜会和努力挣扎的人们不期而遇。

有一次亮在晚上研究胡桃夹子机器人的时候，小护凑了过来。他好奇地盯着笔记本电脑屏幕上的代码，感觉十分新鲜。

亮把小护抱到自己的大腿上，让他对电脑屏幕看清楚些。他睁大眼睛，脸上的表情仿佛是发现了不得了的东西。

亮不禁笑了起来，然后跟小护介绍起了这些代码的作用。

"这里就是'火花'的内部。这一部分是驱动代码，是让你的小机器人看到你、感受你以及发声用的。"亮单独调用了机器人的视觉代码，于是小护看到电脑屏幕中出现了自己的脸。

"小护，对'火花'招一下手。"

小护挥了一下手。屏幕中的自己也在挥手。

"对它说晚上好。"

"晚……上好……"小护一边思索，一边重复父亲的话。

"晚上好。"胡桃夹子机器人也回答说。

"小护看这几行代码。在你对机器人挥手并且说话时，它就在调用这些代码来回复你。"

小护看罢就伸手去碰电脑的键盘。亮让他先等一下，然后把现在的代码进行了备份，之后就交给他随意摸索了。

小护还太小，没有学过英语，自然不明白这些编程语句的含义，很快就把代码弄得乱七八糟。屏幕上充满了错误的语句，只要一运行就会报错。小护闷着头继续乱点乱写，错误越来越多。这让亮想起了小护的涂鸦。

小护沮丧地看着机器人，此刻它毫无反应。

"如果想让机器人和你交流的话，你需要保证这里面语句的正确性。"亮指向屏幕上的编程区域，然后恢复了刚才的备份。这时小护在亮的指导下，只是一点一点调用语句，于是他看到机器人也有了正确的反馈。

这下小护明白了那些语句的作用，开始在不修改原有语句的情况下自己调用那些语句。小护的兴致被"火花"的内部世界调动起来。

也许小护不明白自己正在面对什么，而亮却觉得这本身就代表了人类的一种天性，那就是人们天生对于逻辑性的热爱。

宛如闷热阴暗的井中突然亮起的火花。

后来亮看了看屏幕右下角的时间，现在已经22点多了。对于小护来说这个时间睡觉就太晚了。

"明天，玩。"小护在睡觉前，指着机器人说。

"好的，等明天爸爸回家，接着教你。"

"嗯！"小护在床上开心地点头。

其六

盐野夫妇完全没想到小护对于胡桃夹子机器人的编程那么喜欢，以至于两人开始商量如何继续培养小护的这个兴趣，直到它真正生根发芽。

"可惜我对编程不太懂，没法好好教小护。"亚子面对丈夫的工作显然十分苦恼。她试着看过丈夫的工具书，但对她来说那些大部头宛如天书。

"嗯，编程对于没有基础的人来说的确很麻烦。这方面还是由我继续来教吧。不过还是需要太太来帮忙教小护英语。"

"可以是可以，但面向儿童的英语教授方式更偏向口语化，和你们工作中常用的那些语句区别还是蛮大的。"

"的确如此。"亮点点头，稍作思考后说道，"所以如果教小护英语的话还是要从传统的方法开始。没办法，只有这样他才能更好理解编程语句的含义。"

两人就如何教小护学习英语聊了很长时间，最终达成了一致。

"好吧。我明天就开始试试教小护英语。"最后亚子答应道。

"拜托了。"亮轻抚着亚子的手臂。左手无名指上的指环闪闪发亮。

不出所料，小护对于英语的接受能力明显要更差。他的母语基础本来就不理想，亚子还要在不断巩固小护母语的基础上，见缝插针地教他简单的日常英语。为此，夫妇两人买了不少面向幼儿的教材，只是效果并不好。对此山田和岩井老师建议夫妇两人还是应该以教授日语为主，毕竟将来周围孩子们交流起来肯定是以日语为主。小护如果进入学校的话，还是要先和同学们打好交道。

毫无疑问，两位老师的建议是有道理的。不过夫妇两人还是想慢慢培养小护的爱好，所以在母语的教学没有落下的基础上，亚子依旧会慢慢教他一些常用的英语。而到了晚上，如果不加班的话，亮就会教小护去调用胡桃夹子机器人的程序。

小护的兴趣使他在机器人的编程学习上进步神速。虽然他还不了解屏幕上那些英语和数字的具体含义，但是他已经能找到机器人的全部功能。

不过令他困惑的事情依旧很多。

"爸爸！程序！"小护有时候无法很好地描述心里的问题，所以亮只能去慢慢引导他表达自己。

"小护是在说哪里的程序呢？"

"这！"小护指着"火花"在远程调用的用户情绪分析函数。亮这时恍然大悟，原来小护想了解输入和输出之间的逻辑过程。为什么和"火花"进行不同的互动之后会得到不同的反馈呢？他百思不得其解。

就像小护自己跟其他人的互动一样。

亮由此陷入思考之中。由于机器人的 AI 是基于深度学习原理，和其他软件工程一样是自上而下的设计范式不一样，研究员所能给予的都是基础算法，AI 根据学习时所使用的样本数据来不断自我迭代，具体会生成怎样的最终算法，人类完全无法预测的。

所以在大量复杂的应用中，人类根本读不懂 AI 迭代出来的算法代码，但是测试的结果却能和人类设定的目标值拟合。

简直和人类孩童的学习过程一样。

亮认为人类成年之后的学习过程不过是量的积累，但孩童的学习显然不是。在和父母的语言互动中，从牙牙学语到掌握基本对话之间并没有什么明显的界限。那里大概有着算法爆炸式的增长，然后迅速成型，不再发生剧烈的变化，以至于在人们成年之后也受此恩惠，亮不禁这样想道。

只要火花出现了，就注定会演变为烈焰。

但是这对于小护的学习并没有什么指导作用。小护不得不面对无法处理的海量信息，必须学会在其中挑拣有用信息并进行学习和记忆。就像 AI 形成自己的算法一样。

成长的过程中，时间和运气哪样都缺不了。

想到这里，亮故意笑着弄乱小护的头发，于是小护一边用胳膊徒劳地保护着自己的脑袋，一边咯咯地笑个不停。

这件事也让亮有了新的想法。

之前山田老师在上课时跟亚子说，小护的语言基础已经接近中游，但对话的发生是要根据对话者的表情与举止而变化的。社交线索是对话发生的基础，只有读懂这点小护才能真正融入人群。根据山田老师的建议，一家三口经常会在周末的时光去动物园或者小公园，然后让小护学会观察别人的表情，并制造一定的机会让小护去跟同龄人对话和玩耍。另外在家里的时候夫妇也会陪小护一起看录制好的电视剧或者特摄片，随时暂停来问小护剧中人的表情代表了什么。

亮突然想到可以让机器人帮助小护一起判断社交线索。就像之前让"火花"陪小护进行语言训练一样，每当夫妇都不在小护身旁时，它就是小护的训练师。

"小护，对剧中人物的表情读不懂时，可以请教'火花'呀。"亮对小护说道。

由于具备训练成熟的 AI 算法，机器人和人们的对话时并无疏漏，在判断社交线索时也有着得天独厚的优势。这种从社交线索结合对话的能力就是跨指令综合处理的能力，这也正是现在小护要学会的技能。从那以后，小护看电视时总会让"火花"陪在身边。

"英雄生气了吗？"在看每周都会播出的特摄片时，小护总会向机器人询问剧中角色的表情。

"是的，这个表情是在生气。"它回答说。

"坏人在笑吗？"

"虽然坏人戴着面罩看不到表情，但是根据音调判断的确如此。"

"嗯，原来如此。谢谢。"

"不客气。"

在外出时小护也想带机器人一起。为此亮给小护买了一个戴在耳朵上根本不起眼的蓝牙耳机，根据可修改的程序设定，"火花"可以直接将他人的情绪名称通过蓝牙耳机来告知给小护。为了避免他对它的能力产生依赖，亮有时会允许小护带机器人出门，有时则不允许。

每当碰到不允许的时候，小护的表情总是显得愁云惨淡。亮有些于心不忍，但是没办法，不可能都让小护一辈子把机器人带在身边。

不过有了"火花"的帮助，小护在语言和社交线索方面的训练度得到了保证，所以水平相应地在不断提升。

对于小护来说，说不定机器人就是他的第三位老师。亮有时会这样想。

其七

虽然前途未卜，但是方向和方法确定之后，时光宛如白驹过隙。很快小护就到了需要上学的年龄，于是亚子和亮有了一个大胆的计划——把小护送进普通学校。

盐野夫妇就这件事咨询过两位老师。他们认为小护基本达到了中等偏下的语言能力，如果去上学的话已经足够了。他的运动协调性要比同龄人差一些，可能无法正常参加集体活动。另外，在家里小护的注意力自然够用，如果进入课堂后面对更多人，能不能适应还是未知数，毕竟他从没去过幼儿园。当然这些只是担忧而已，究竟实际会如何谁都不清楚。如果小护能和正常孩童一起成长，自然不是坏事。

在两位老师的祝福中，小护结束了 ABA 疗法，背起了小书包，开始进入到小学中。与此同时，亚子也重新步入社会，开始在便利店打工。每天亚子都会早早起床，准备一家三口的早餐。等小护吃完饭之后亚子还要帮小护穿上校服。由于小护的运动能力有些失调，对他来说像其他孩子一样穿衣是很难的。他回家时衣服也总是显得乱糟糟的。为此亚子也在慢慢训练小护，他现在穿衣的表现也比过去好很多了。

果不其然，小护的学业并不顺利。由于没上过幼儿园，小护可能会在课堂上突然起立，或者突然大声说话，这让老师们很不愉快。即使夫妇二人经常叮嘱小护要注意课堂纪律，小护也总是犯这些错误。为此亚子在小护上一年级的时候经常会被叫到学校。

"实在抱歉，小护又在课堂上惹什么事情了吗？"每次被叫到学校里的时候亚子总是提心吊胆。

一开始，年轻的班主任对小护的行为有些恼怒。别的孩子在上课时都很乖，像小护这样完全不听话的孩子她还是第一次碰到。最让她生气的是小护经常对老师的提问视而不见，回答问题的时候又显得语无伦次。他大概会成为班上成绩最差的学生吧，班主任总是这样想。

后来她和校长与亚子三个人一起讨论时才真正了解小护的情况，以及盐野一家这些年究竟经历了怎样的生活。一方面她认为盐野夫妇有些自私，进到普通学校后小护的课业并不顺利，而他造成的麻烦也势必会影响其他学生的学习。但另一方面她又很认可盐野夫妇的教育方针。也许自己在那种情境下不可能做得更好，她发自内心地想道。而且当她明白小护在学习中并不存在态度问题时，她对小护的态度自然也缓和起来。在她的算术课上，但凡小护听不明白的问题她都会慢慢地重复几遍。对于其他授课老师们她也做过沟通。

对于小护来说，最麻烦的当数集体参加的体育活动，一边要听从老师或者队长的指示，一边又要做出相应的动作反应，这实在是太难了。别的同学很快就能学会的东西，在他这里宛如一道天堑，始终无法跨越。所以上体育课时他只能默默坐在场外，看其他小伙伴在那里开心玩耍。

没有办法，亚子开始在下班后帮小护练习运动协调能力。恰好七至十二岁的孤独症儿童正处于运动能力快速增长的阶段，这对于小护的康复来说也是很好的机会。在咨询过岩井老师之后，亚子开始按照她给出的建议为小护进行训练。

她会模仿老师下达指令，然后分解动作，一点一点教给小护。玩躲避球时，亚子先教小护如何接球，如何传球给队友，如何进攻，进而教他如何在场上不要撞到队友身上。

单一的指令小护很快就能领会，但是跨指令就很麻烦，比如如何一边接球一边避免撞到队友或者出界。运动的跨指令综合处理和语言类似，有些指令是默认的规则，老师不会发出，需要小护根据临场的空间状况来执行，所以难上加难。

但没有办法，只能靠不断的练习才能让小护勉强跟上同龄人的步伐，就像当初的语言练习一样。利用类似于 ABA 疗法的方式，亚子不断将体育指令细化，让小护完成跳绳、左右手交替拍球、接球、侧滑步、交叉步、变速跑、单腿平衡等基本动作的指令。等小护对于单一指令能很快做出反应之后，亚子又不断将指令组合起来对小护进行训练。

每天看着接受这些训练的小护，亚子就会想到其他孩子。有些孩子正在展现自己的运动天赋，加入空手道、弓道、剑道、棒球、游泳社团中成为其中的一员，并逐渐在训练中成长为独当一面的选手。但小护不是。他吃了很多苦，每天都要花很多时间来训练，到头来只是为了成为一名普通的孩子。

每每想到这里亚子总会心有不甘。

但这就是命运，一家人就因为命运那头残暴的野象被逼至一口黑暗的井中。和其他天然生活在阳光下的家庭不一样，盐野一家拼尽全力也只是为了一线生机。

"So be it."——那就这样吧。

亚子一边想着，一边为运动后变得邋遢的小护整理了一下衣服。

"妈妈，我能回家看动画了吗？"小护奶声奶气地问道。

"今日份的锻炼已经完成了，可以呀。"亚子点点头。

快快成长起来吧！和小护一起回家时亚子如此想道。

其八

　　每当已经成为高中生的盐野护回忆起过去的生活时，他并不能意识到自己到底经历过什么。在他心目中，自己小时候每天都过得很辛苦，除此以外就没有值得一说的事情了。那时候母亲和父亲每天也很辛苦，虽然他能感觉到这点，但究竟是为什么变成这样，他并不清楚。而且那时候有两位老师经常来到家中，而现在他也很少会再见到他们了。

　　如今他已经成长为一个平凡无奇的年轻人，智力水平一般，学习成绩一般，体育能力一般，交着两三个可以在中午的教室里一起吃饭的朋友，丝毫不引人注目。

　　如果说有什么不同，那就是他参加了学校计算机部的活动。初中时他什么社团都没参加，于是到高中时他就想改变这一点。至于为何要寻求改变，他自己也并不清楚。

　　先加入社团看看，后面的事情再说吧。他怀着这样的心情交上了入部申请书。

　　社团里的人都很喜欢编程。有些人像自己一样，很小就因为双亲的缘故一直在接触软件开发。除了部长有时会发布一些开发企划来让大家一起参加，平日里部员们都是按照自己的喜好进行研究。部活动室里不时会响起噼里啪啦的键盘声，有的部员则会经常翻阅计算机部利用经费购买的编程用书，而有人在编程遇到困难时就会找部长和学长们交流。

　　这样的环境令盐野护感到十分惬意。他会在放学后躲在社团的一角，面前摆着一台笔记本电脑和一个蓝色漆装的胡桃夹子机器人，然后埋头进行自己的研究与实验。

"盐野君每天在用小机器人做什么？"有一天，坐在他旁边的同级生好奇地问道。

"想让它调用我训练的 AI。"盐野指了指自己电脑中的程序。

"你会训练 AI？"同级生露出了不可思议的表情。

"网上有现成的套件，在任何电脑上都能部署。"

"你在训练 AI？"计算机部的部长听到他们的谈话后非常惊讶，于是也来到盐野护的身边。

"嗯，是的，部长。"盐野护点点头。

"不过普通笔记本的计算性能并不太好，存储空间也太小。用这样的硬件系统来训练 AI 是不是效率很低？"部长接着问道。

"的确如此，所以我把深度学习的层数设置得很少。这样得到的结果也不是很理想。"盐野护回答说。

"你主要做哪个方向的训练？图像识别？语音识别？还是自然语言处理？"

"跨指令分析处理。我想让它通过图灵测试。"

"唔……也就是说，上面几样你都要一一训练咯？"部长轻扶下巴，然后说道。

"嗯，都要训练一遍，然后做跨指令处理。"

"现在训练到什么程度了？"

"可以的话，请来试一下吧。"盐野护把小机器人递到部长手中。

"你好。"当部长的手抓到机器人时，它便说道。

"你好。"部长回答说。

"我刚才听到了对话，你就是计算机部的部长吗？"

"是的。你很聪明。"部长笑着说道。

"过奖过奖。"小机器人谦虚道。

这样的对话促使其他部员都围了上来。

"这个机器人我小时候也使用过。好怀念啊！"一个部员说道。

"嗯，我也是。话说这个是后来推出的开发版吗？"另一个部员说道。

"估计是。我也想买一个了。"

"盐野君，你从哪里购买的？"

"我把购买链接发到群里。"盐野护打开自己的手机后便找到计算机部的群组。

"谢谢啦！"

"不客气！"小机器人突然回答说，惹得大家都笑了起来。

"对了，大家听我说。"这时候部长对在场的所有部员说道，"五个月后有面向高中学校的计算机大赛，我部一直在参与单人的算法竞赛，AI相关的挑战赛一直还没涉及。诸君今年要不要尝试一下？"

"好啊，好啊！"听到部长的话语后大家的情绪顿时高涨了起来。

AI 挑战赛被安排由盐野护负责，共有五人代表学校参赛。

大家把过往比赛的记录找到，然后进行一一研究。

很久以前，在他们还没上小学的时候，面向高中的 AI 赛事主要涉及观点型问题阅读理解竞赛、细粒度用户评论情感分析竞赛、英日文本机器翻译竞赛之类的比赛。

也就在那时，跨指令综合处理在商用 AI 范畴内已经成为主流，于是比赛也在向这方面靠近。后来，由于 AI 助手商用化大行其道，相关比赛就开始以通过"图灵测试"（即当初由图灵提出的"模仿游戏"）为主——由评委们通过麦克风同人或者 AI 交流，而被测试对象则在屏幕上反馈文字。

如果测试对象被判断为 AI，评委就要为其"人性化"的各项指标打分；如果被判断为人类，则不需要打分，只需要标明为人类即可。如果评委判断其为人类而实际为 AI，则其成绩自动为满分（当然这种情况在历年的图灵测试中实属凤毛麟角）。大部分情况下是评委很容易能判断出对方是否为 AI，而"人性化"评分最高的 AI 即被视为优胜。

规则看起来很简单，但图灵测试一直是 AI 测试的皇冠。在复杂的人机对话中，AI 稍有不慎就会露出马脚。比如像胡桃夹子这样的 AI，随着代码在这些年的升级迭代，它同人类交流的功能已经日趋完备。纵使如此，它依旧只是合格的 AI 助手，因为它的代码从来不为欺骗人类而进行优化，所以也不可能通过图灵测试。

当然，即使通过了图灵测试，也不能说机器就真的拥有了人类智能。或者说，通过图灵测试的 AI 未必比胡桃夹子更有用。所谓"人性化"评分也只是描述在评委的感受中对方是不是更像人而已。

其九

在研究完过往比赛的情况和本届大赛的章程之后，五个人开始分工，为参与大赛进行准备。

图灵测试融合了过去 AI 类比赛中的多个分赛道，进而形成一种统一的跨指令综合分析处理测试。不管是图像识别（尤其是人脸部表情识别）、语音识别（人类声音的语义识别），还是自然语言分析（包含阅读理解和细粒度情感分析）、自然语言反馈（将分析结果以自然语言的形式进行反馈），这些以往分赛道的训练统统都要做。

另外，为了便于评委在测试结束后检查各参赛队有无作弊，参赛者需要将 AI 代码和训练过程中用到的练习数据集与测试数据集全部归档，发给大赛主办方，以备异议检查。

为了参与这次 AI 相关的比赛，部长在学生会那里软磨硬泡，终于通过了比往年高得多的部活预算。这笔预算被用于购买了五台适合进行 AI 训练的计算机。这些计算机除了安装强大的 CPU 和足够大的硬盘，更重要的是安装了足够强劲的 GUGPU 显卡。由于每台电脑都装了四块性能强大的显卡，运行时可以听到机箱内发出轰鸣的风扇噪音。

"哇，好吵！"部员们抗议道。

"没办法，挪到学校的机房吧。"大家七手八脚地把这些沉重的电脑挪到了控温防尘效果很好的学校机房。

盐野护教其他四个参赛者远程部署必需的软件，其中就包括 Python 和 CUDA 这些软件。五台计算机中有四台被用于进行图像识别、语音识别、自然语言分析和自然语言反馈。等需要安装的程序都部署完成后，接下来就是要开始展开深度学习的训练了。

实际上，不管是应用于图像识别的卷积神经网络，还是用于语音识别的隐马尔可夫模型状态网络，抑或是基于自然语言分析的 NLTK 工具配合贝叶斯神经网络，这些技术已经非常成熟，队员们在网络上扒取所需的知识即可完成训练，甚至有人专门提供了庞杂的 AI 训练库，便于新手选取其中的素材。

由于在 Github 上就有很多成熟的代码，盐野护的小队就根据历年比赛的成绩去研究优胜队伍的开源代码，不断评价并进行改进，慢慢形成了属于自己风格的代码范式，然后部署在那四台计算机中进行训练。

在其他队员已经开始为比赛上手之时，盐野护却陷入苦战之中。最难的工作就是如何整合这四项深度学习的成果，并形成具有一定容错能力的反馈机制。这种基于遗传算法和决策树的价值网络被部署在第五台计算机上，每天盐野护都要对相应的自动学习参数进行微调，结果却总是不尽如人意——时间太过紧张，这方面的训练该如何进行，自己对此完全没有头绪。

为了解决问题，盐野护每天晚上都在家里利用远程登录的方式对第五台计算机上的 AI 程序进行测试，然后根据结果修改价值网络的参数。这项繁重的工作让他经常在上课时哈欠连连，在家里时注意力也集中不起来，进度还不理想。

看着每天起床后都没胃口吃早饭的盐野护，亮和亚子不禁担心起来。

"看你每天都在熬夜调试程序，没问题吧？"一天早晨，亮在餐桌上向小护问道。

"嗯，最近碰到的问题有些棘手。"盐野护摇摇头，咬了一口培根三明治，然后喝了一口超浓的咖啡。他以前明明最不喜欢浓咖啡的味道。

"感觉你最近的精神状态变得很差，这样下去会影响身体的。"亚子也说道。

"嗯，我会注意的。"他想方设法吞下了手中的三明治。虽然妈妈的手艺无懈可击，但长时间睡眠不足让他感觉吃早饭的时候味同嚼蜡。

"如果你在编程上碰到什么问题，可以问问你爸爸。"亚子建议道。

"嗯。"盐野护仔细想了想，过了一会儿向亮问道："爸爸，该怎样教小孩成长呢？"

夫妇两人都在餐桌旁愣住了。

两个人互相迎着彼此的视线，而盐野护也察觉到了父母的异样。他不知道两人为什么会是这副表情。

"所以说？"他歪着头看着自己的父母。

"所以说，你是想了解小孩的养育过程是吗？"亮重复了一下小护的问题。

"嗯，是的。"他点点头。

餐桌旁又陷入了寂静。

由于盐野护到了该出门的时间，他不得已先穿好校服，提着书包出门了。

"老婆，给他看看咱们过去一起记下的日记可以吗？"等小护走了以后，亮看着亚子说道。

"嗯……给他看那个是不是太早了？"亚子问道。

"不知道。不过感觉对他现在来说是有帮助的。"亮回答说。

"嗯，让我考虑考虑。"亚子点点头。

等盐野护晚上回到家之后，看到自己的书桌上摞着二三十本厚厚的本子。不明所以的他翻开本子之后才发现，原来这里面是这个三口之家十多年的光阴。

············

3月12日　晴　by　亚子

今天在教小护"た"行的读音，结果他对"ち"和"つ"的读音学习了好久都没有掌握。不知道是不是我不太会教的缘故呢？过两天老师们就要来了，到时候我要好好请教一下他们。

············

5月30日　晴　by　亚子

小护又把之前学习的五十音图读音全部忘记了。为此我跟岩井老师通了电话。她安慰了我，并劝我不要在小护面前着急。

嗯，我知道的。我还没有气馁。

晚上的时候，我和亮一起带小护去家庭餐厅吃饭，点了他最爱的蛋包饭。看到他的笑容我就充电完成了。

明天再从头开始。

亚子，加油！

············

9月22日　雨　by　亮

小护把机器人的代码搞得一团糟。幸亏我做了备份，不然就该返厂维修了吧，哈哈。

另外听亚子说，看到白天外面在下雨，小护就在屋里像青蛙那样跳来跳去，嘴里还发出"ケロケロ"的声音。为了避免他碰到家具上受伤，亚子一直在看着小护，等他玩够了才去忙别的事情。

不过亚子在说这件事的时候一直在笑。

我猜，我在听的时候也一直在笑吧。

············

12月24日　雪　by　亮

一直期待圣诞老人的小护发烧了。可他比平时更精神了，白天睡够了，晚上就各种哭闹，说要等圣诞老人来。没办法，我和亚子只能轮番哄他说只有好好睡觉，圣诞老人才会给他送礼物。

唉，多大时他才不再相信圣诞老人了呢？

我真希望这一天能早日到来，却又希望这一天永远不要来。

············

5月15日　晴　by　亚子

趁着好天气，我带小护去郊区的游乐园。由于不是节假日的关系，游乐园里面没有什么人。这样挺好的，因为小护一直害怕人多的地方。

在园子里，他一直盯着工作人员手中的气球看，我便鼓励他去买气球。他说话慢吞吞的，而且总是词不达意。不过工作人员明白了他的意思，取过了他手里的钱币，然后递给他一个气球。

结果气球被他紧紧抓了一路，生怕会飞走。

············

9月15日　晴　by　亮

今天听亚子说，她在人挤人的电车上教给了小护两个比喻的用法。比喻对于小护来说很难。但是如何去教给小护来理解比喻是什么，对于亚子来说要更难。

第一个比喻就是"鮨詰め"（直译是"寿司被装到了食盒里"，形容车上人很多，中文中类似的比喻是"沙丁鱼罐头"）。结果小护一直以为亚子是要带他去吃寿司，直到亚子解释了很多遍他才明白。

由于误解而产生无法实现的心愿，继而出现落差，这可真是"糠喜び"（直译是因为糠而高兴，形容白高兴了一场）。这是小护学到的第二个比喻。

·············

4月20日　阴　by　亚子

没想到小护已经在小学里上了几天课了。这几天我一直都在为他揪心，结果在柜台上频频犯错。

幸亏店长是个温和的人。

如果小护今天没被老师批评，我就奖给他一块巧克力。没想到还没到下班，我就接到了他老师的电话。

唉，小护会不会在课堂上哭起来呢？

不过其他同学可能会更困扰吧。

该怎么办？

·············

10月15日　晴　by　亮

到了小学三年级，小护的编程能力就已经很强了。代码他大体都能理解了，所以做一些简单的小程序不在话下。不过由于他的数学水平还不高，所以对于复杂的逻辑还无法一时掌握。

他的语言水准也慢慢稳定在了中游水平。体育课的成绩也到了及格线之上。老师也很少会批评他了。

他在努力变成一个普通的孩子。

真是了不起！

·············

6月28日　晴　by　亚子

今天带小护最后一次去主治大夫那里复查。大夫说小护已经没有一点孤独症的状况了。后来山崎和岩井老师祝贺了我们一家。

十分感谢两位老师!

小护已经成了一名普通的四年级生,过去所有的付出都有了回报。

回到家的时候,亮把我抱得紧紧的。我对他说辛苦了。本来以为我会先哭出来,结果没想到亮先哭了起来,而且哭得非常凶。

结婚这么多年,这还是我第一看到亮哭鼻子。

小护躺在床上,慢慢翻看这些日记。有时能听到纸张中传来的欢声笑语,而那时一家人的艰辛也在字里行间中涌上心头。啊,这就是自己和父母当初所面对的一切,原来不经意间三个人已经一起走了这么远。

看完这些日记后,小护鼻头一酸。为了不让亮和亚子听到自己哭泣的声音,他把自己的脸埋在枕头里。

其十

松田诚多次出任高中计算机大赛中图灵测试的相关评委。在诸多评委中,他自有一套鉴别屏幕那侧究竟是人还是 AI 的方法。当然,以高中生的水平自然无法完善出一套可以欺骗人类的 AI 系统,"人性化"分数只是在各个考察项里汇总出最佳的 AI 而已。

这次要鉴别的 ID 是"Hibana"(即日语中"火花"的读音),而松田也踌躇满志地进入评委席。

在一个隔音的房间里,机器的摄像头在捕捉着松田诚的表情,麦克风则能获取他的声音。而被测者需要根据他的表情和话语在屏幕上输出文字。

"你好。"松田诚说道。

> 你好。

屏幕上如此显示道。

"你叫什么名字呀？"

> 我叫火花，是一个普通的高中生。

自称高中生啊。由于为了进行盲测，大赛举办方经常会找真正的高中生和大学生来混入比赛中。不过由于当初尤金·古斯特曼（Eugene Goostman）的缘故，低于十五岁的少年是不会被邀请参加测试的。因为这样就能方便 AI 伪装成不按套路出牌的调皮少年，使得图灵测试难以准确完成，而这正是尤金·古斯特曼在 2014 年欺骗了三分之一评测人员的制胜法宝。

被测者必须积极配合评委的要求，这是大赛的基本要求。

至少根据现在对方的描述，松田诚还看不出他 / 她 / 它是不是 AI。既然是图灵测试，就一定要先假定对方是 AI，然后诱使对方露出马脚。

"你觉得高中生活如何？"

> 感觉还好，就是社团活动挺累的。

"你参加的是什么社团？"

> 计算机部。

哦。过去被测试的 AI 都故意说自己是文化类或者体育类的社团，以避免被轻易怀疑。这家伙很有意思啊。

"计算机部一般都有什么活动呢？"

> 为学校制作一些网页，或者和部员们一起做些小游戏。

打字速度忽快忽慢。大概是利用有限范围内的随机数匹配输出时间。

"能让我看看你做的那些网页吗？"

> 可以啊。

> 我去找一下网址。

过了一会儿，屏幕上发来一个网址。点开网页，一个高中计算机部的页面弹了出来。页面功能中规中矩，美工设计也实属一般。的确是高中生的网页水平。

浏览完网页，松田心想，热身运动已经做完了，是时候该亮出撒手锏了。

包括松田在内的很多评委都在人类的心理学方面有很深的研究。这种寄宿于人类独有的肉体和社会网络而萌发出的复杂机理与诞生自深度学习网络中的 AI 有着天壤之别，这是评委们进行图灵测试的重点方向。虽然近年来 AI 在拟人人格方面进展神速，但没有经过实际肉体的成长过程，即使 AI 可以产生出所谓的"电子人格"，也必然是和人类的人格完全不同的存在。

松田在做图灵测试时很注意对方的人称用法，用"僕"还是"俺"，抑或是"私"，会不会经常发生更换，以及在对方以某个人格示众时，松田会按照这个人格的某些行为特征提出问题，如果发现不符合的情况，基本就能判断出屏幕的另一侧是 AI 了（不过，如果在这种情况下对面真是人类，那么这个人有很高概率需要就医了）。

另外就是类比能力，松田会经常用成语和比喻同对方进行交流，这些用语必须是高中水平的人就很容易懂的，这样在和普通人交流时不会存在障碍。但是 AI 很容易在某些成语和比喻中搞砸，因为不同事物之间的类比非常复杂，而这些类比又暗含了人类的情感因素。不吃透这种纷杂交错的逻辑关系，AI 就很容易对人的词汇发生误判，进而给出错得离谱的答案。

"没想到今天是'神立'（雷阵雨），结果进到'鮨詰め'（拥挤）的电车里，让人更加郁闷了。"

>的确是这样呢，我也是挤过来的，早高峰的时候在电车里站都站不稳。不过我很喜欢有雷鸣的雨。

"不觉得雷鸣吓人吗？"

> 声音在耳边炸响时的确会吓一跳，但闪电的形状很美，就像短暂的沙画一样。

这个类比很有趣。如果对方是 AI 的话，人性化分数一定会比较高。松田在心里默默想道。

"这里有几道阅读理解的卡片纸，需要你直接回答一下。"

> 好的。

松田选出了一张卡片纸，然后摆在摄像头前。

"能看清楚吗？"

> 可以。

纸片上用日语写了一段话："小夜子和耕平即将入睡之时，一楼的起居室突然传来玻璃碎裂的声音。因为不知道发生了什么，两人轻轻走下了楼梯，结果看到三个年轻人在起居室翻箱倒柜。他们害怕被暴力伤害，于是不敢发出声音。"

"这里的'他们'指的是谁？"松田问道。

> 是指小夜子和耕平。

回答得斩钉截铁。后面几道类似的题也是如此。

屏幕前的"火花"可能就是个人类吧，松田如此想道。

其十一

在比赛前，盐野护就像一个"爆肝"的软件工程师一样泡在 AI 研发和训练中，但光靠自己是不能真正训练好 AI 的，另外网络上的训练样本也不够真实自然，不能帮助 AI 真正成长起来。

这时他想到了父母所积攒的那一摞厚厚的日记。胡桃夹子机器人帮助他把那些日记中的每一页都扫描下来，并转录为电子文件发给他。而他上学时就把这些文件拷贝在计算机部的电脑中，利用计算机部训练的自然语言分析AI来把文件中的内容分类和归档，将其中涉及语言训练的部分提炼成非常具体的内容，然后印制为内容不同的训练手册。这些手册被分发给部里所有有时间帮助图灵测试参赛队的部员，而他们已经被临时委任为训练员。

"哇，部长订购了这么多开发版的胡桃夹子机器人？"

"为了帮助AI进行训练，这根本没什么。"部长哈哈笑道。只是学生会长已经不想再见到他了而已。

网络通贩来的整整一箱蓝色漆装的胡桃夹子机器人也被分发给训练员。盐野护为了方便大家一起训练 AI，专门开发了面向服务的调用程序。与面向过程和面向对象的编程思想不同，面向服务的编程策略可以让五台电脑与这些胡桃夹子机器人之间共享同一套接口，方便统一部署和后期维护。小机器人通过调用主服务器上的服务请求来和训练员展开互动，而主服务器则将任务根据职责分发给四台分服务器并获取它们的反馈。

盐野护负责每天检查训练日志，查看接口有没有报错的信息，以及硬件的性能负荷是否正常。除此以外，他还编写了一套 AI 的初始人格，里面包含类似于个人信息的内容，而这套人格的基础正是父母的日记。里面的点点滴滴不仅变成了名为"盐野护"的这个人的人格基础，也成了这套 AI 的人格基础。

接下来，对 AI 的训练如火如荼地开展起来。

大家按照各自的训练手册帮助 AI 更加系统地学习人类的语言特征。就像帮助一个孩童成长一般，部员们不管到哪里都一直带着机器人。

无论是在学校上课时，还是在拥挤的电车上，抑或是星期六的海边，甚至在每个人的家中，大家让它们随着自己的脚步观察这个真实的世界，倾听街道上人潮的声音，再和自己进行语言交流。同学们和外面的人群有时会用异样的眼神看着他们，但部员们好像并不在乎。

因为他们在真切地感受着 AI 的成长，每天都会有新的发现，还有新的快乐。和自己身旁的这个小小的机器人一起，部员们也开始学会用更加中立的眼光看待自己。这是一种奇妙的共同成长的过程。

另外，大家在做古文和现代文的题目时也会让它在旁边。拿着让自己头疼不已的题目去考考小机器人也很有意思。那些复杂的代词用法被 AI ——学到，

而服务器上的 AI 核心不眠不休，不仅消化着同部员们互动时学到的知识，还一直在扒取着网络上的大量信息。

"喂，队长！"有一天，一个部员向盐野护发问道，"咱们要怎么称呼这家伙啊？"

"嗯，我想想。"他低头想了一下，然后说道，"我打算叫它'火花'，可以吗？"

"好啊好啊。"

"以后就叫它'火花'了！"

"所以我手里的是'火花'1 号。"

"那我的就是'火花'65536 号。"

"你有毒吗？这个号码是怎么来的？"

"因为这样有一种反派手下的小喽啰的感觉。"

部员们七嘴八舌地说道。

看着这一幕，盐野护不禁笑了起来。这大概是小时候的自己永远不敢想象的场景吧。

"火花，你真难住了我。"松田诚说道。

> 为什么呢？

"因为你的身上充满了某些违和感，但我又不知道这种违和感来自哪里，因为对于我的提问你都回答得很好。"松田诚摇摇头。

> 大概因为我是人吧。

"一个奇怪的人。"

> 说不定正是如此（笑）。

"跟我讲讲你的家人吧。"这是松田最后的撒手锏。实际生活中的社会关系是 AI 很难掌握到的，很多 AI 会在描述这类关系时翻车。

> 我和父母一起生活，他们是很好的人。

"就这些吗？"

> 容我想一下。

> 我的爸爸是个程序员，虽然很顾家，但工作很辛苦，天天都在加班。不过他的同事很倚重他，从小我就很敬佩他。所以我才会喜欢编程吧，因为这样就可以多和他交流一些。

> 也因为这样，我才会加入计算机部，但是现在还没有能力去编出很厉害的程序就是了。（笑）

> 我的妈妈是一个便利店的店员，每天工作也很辛苦，还要操持家里的家务。在我小的时候，妈妈陪伴我的时间最长。那时候我学习东西很慢，但我的妈妈，还有我的爸爸，一直在慢慢教我学习这些知识，陪我一同成长。

> 因为他们不断地付出，我才能和您在这里正常地交流吧。

很好的回答。松田如此想道。

"那么，你想对他们说什么呢？"他接着问道。

> ありがとう（谢谢）。

作者后记

本文存在一个重大的问题，那就是 ABA 疗法能否真正治愈孤独症。

这是一个非常严肃的问题，故我必须在此进行澄清——在网上可以查到部分孤独症患者借由 ABA 疗法得到治愈的信息，但这实属凤毛麟角。

由于 ABA 疗法所治愈的部分患者都是高功能孤独症患者，所以也有学者对于他们是否真正是因为 ABA 疗法的缘故获得痊愈而表示存疑。很多患者，如文中所说，病程会伴随他们一生。为此，日本设立有"榉之乡"和"嬉泉"这样的成年孤独症托养机构，以帮助成年患者生活。

由于现阶段大家对于孤独症病理原因的了解才刚刚起步，ABA 疗法依旧是一种常见的治疗手段。

随着医学的进步，希望人类早日攻克孤独症治愈的难关，帮助所有患者摆脱孤独症的影响，也祝愿全天下的家庭幸福和睦。

南岛的星空

赵海虹

那一天大风来袭，狂风将浓重的灰霾席卷而去，天突然亮了。路人纷纷抬头，对着依稀展现的那片蓝天发出由衷的惊叹。它远不算澄澈，但即使只是浅浅的灰蓝色中透出的几丝天蓝，已足够让人感动。在这样的天空下，珍珠城展现出尤其动人的美。

倘使从高空俯瞰平安市，二十座半球形、被珍珠膜覆盖的城市综合体是城中最傲人的存在。八年前，当一座又一座珍珠城在平安市最重要的路段拔地而起，整个城市却陷入了日益沉郁的灰霾。于是珍珠城同样光彩不再，都变成了灰色的半球。每天凌晨5点钟，珍珠城自我清洁的那个瞬间，一种低沉的嗡嗡声回荡全市。然后是一声"嘭"的闷响，沉积一日的灰霾从珍珠城的外膜上被弹开，瀑布般倾泻到外膜的底层，在周围的街道上激起一阵小小的尘暴。那时，街上少有行人，凌晨就开始工作的清洁工则会尽量避开周边的区域，并在尘暴消歇之后开始清扫。

仅仅一层膜，就将平安市分成了两部分——珍珠里的人和珍珠外的人。进入珍珠城是每一个"外人"的梦想。尤其是在这样的傍晚时分，落日刚刚下沉，难得一见的蓝天上霞光涌动。绵绵铺开的亮橘色的云锦将一排排半圆形的珍珠膜罩也映成了浅橘色。启明止步抬头，望着这一幕，莫名地吐出四个字："天上人间。"

"天人两隔"恰是他的家庭境况。妻子天琴因为从事环保材料推广，得以入选"时代精英保护计划"，能够带着十岁的女儿小鸽进入珍珠城生活，而他被社会视为非急需人才，无权享受这一宝贵配额，被留在城外与霾为伴——当然还有口罩。平安城中已经产生了无数个这样的家庭，亦因此多出了许多段破碎的婚姻，甚至成为社会关注的热点问题。

其实分离的主因并非外力。妻子在争取进城的那几年间，日日焦心，夜夜加班，希望能在综合排名表上不断提升，争到入城资格。但启明的专业在新时代不受重视，同行中仅有极少数站在国际前沿的科学家获得了资格，却又因为专业特性，同样只能在城外工作。

启明是一位观星者。为避免光污染，全世界所有的天文台都远离城市中心区。但日益严重的雾霾遮蔽了观测设备的视野，影响了观测的精度。在一个白天难见太阳、夜晚一片混沌的世界，他简直羞于提起自己的工作。偶尔必须作答时，他总会看见对方略带诧异乃至讥诮的眼神。人们甚至忘记了星星的存在，那么观星在这个时代还有什么意义呢？

曾几何时，人们对星星发生过浓厚的兴趣，尝试探讨在无法解决地球的环境危机时移民到月球或者火星的可能性。但当"珍珠城计划"启动，第一座实验性的综合体成功运行之后，人们便欣喜若狂地将热火朝天的星际移民计划抛诸脑后。比起在外太空建立可循环的人类生态体系这样复杂艰难的设想，珍珠城的成功是可见的，也能够迅速复制、推广，惠及主要的精英人士。

那时小鸽刚出生不久，天琴怀抱着那个温暖的婴孩，望着窗外日益严重的雾霾，咬牙切齿地说："我要改行！"

天琴和启明是同校同届的大学生，她学中文，启明念天体物理学。两人在一次学校活动上相识，听说启明的工作理想是观星，天琴青春的脸庞激动得光彩四射。中文系的浪漫使她将宇宙星空的浩大与神秘，同眼前这个讷言的高个子男生联系在一起。

星空如棋，记录一切的轨迹

从大爆炸的那一刻起

物质无限充盈

然后冷却成

苍白凌厉的光点

这是她为他写的《观星》。于是他迅速沦陷，爱上了这个同样向往星空的女生。毕业后两人就结了婚，她开始为网媒撰稿，他则一路读研、读博，终于进入天文台工作。

可是时移世易，珍珠城的出现改变了人们的理想。一切无益于提升入城考核指标的工作都不再受重视。妻子在小鸽出生后开始紧锣密鼓地准备改行。她决定以文科生背景自学相关理科知识，然后进入环保材料的推销和采购行业。"我做不了研发，但做营销和推广还是有可能的，不管怎么样都要搭上环保行业，争取百分之二十的考核加分。"

启明犹豫了一下，他觉得自己也需要表个态，但他不知该说什么，生硬地蹦出来一句："我不想改行。"

天琴搂紧了怀中的小鸽，感受着女儿柔软的生命与温度。她沉吟许久，轻轻叹了口气："我没有这个意思，我们各自努力吧。"

开始工作后，启明失望地发现，这座离城市不够遥远、海拔也不够高的天文台长期受雾霾天气的影响，已很难用光学望远镜进行观测，连射电望远镜的观测都大受影响。粥少僧多，观测申请许久无法获批，去国外天文台的申请成功率更低。于是，他只能从网上已经公开的数据中寻找合适的研究来源。其实天文台的观测任务虽然受到影响，但有赖于世界共享的公开数据，工作依然在正常进行，可是社会对他们的看法却在悄然改变。

进城的积分排名办法决定了各种职业的重要程度。为了新城市的顺利运行，高级公务员再度成为热门的职业，环保、医疗、能源行业的附加分也遥遥领先。而对于能够进入珍珠城的人们来说，在他们封闭的世界里，一样需要衣食、娱乐，于是服装、餐饮、食品生产、服务业、影视业的所有相关人员，只要在行业中能成为佼佼者，也就自然获得了进入珍珠城的通行证。

我这个职业的希望在哪里？启明问自己。看着妻子日日挑灯夜战，以充足的热情投入到一个全新的"有前途的"行业中去，他感到由衷的敬佩，但又有深深的苦涩。作为重新开始的外行人，妻子不论有多么努力，能获得一个入城名额已是千难万难。而未成年人只有在父母两人皆有资格，或者父母离异并且监护人拥有资格时，才能一起进城。于是妻子的努力终将把二人的婚姻逼向尽头。

他觉得，周围的一切都在嘲讽他。灰霾沉重的大幕深刻地改变了世界的面貌，当望远镜另一端的星空都日益暗淡，那自己的职业——不，自己的事业还有什么意义呢？

他投出了去 FAST 工作的申请，与来自全世界的无数同行一起，等待被选中的那一日。FAST 位于贵州，是世界最大的五百米口径球面射电望远镜。那个陷在群山之间的巨大的耳朵，倾听着来自遥远宇宙中的各种声音与信号，能够有效地探索地外理性生命。有时他会做一个梦，梦见自己躺在那个深山中碗形巨耳中间，绵绵不绝的射线、电波，带着来自深邃而广袤的外部世界的信息，向他涌来。他仿佛就躺在宇宙的中心。在那里，一声召唤似乎会像涟漪一般，一层层地扩大，延展到宇宙的每一个角落。而那遥远的光，穿越漫长的距离，一路照亮了无数个世界和无数个活着与死去的文明，终于来到这里。星光抵达的瞬间，梦中的他一怔，猛然睁开眼，那一瞬，他看到了宇宙中个人的存在，看到了一个渺如尘埃的生命与整个宇宙的关系。

我在，我在这里。不知不觉间，他热泪盈眶。

这个世界又下起了黑色的雨。雨水洗刷了空气中的污浊，透出一丝清新。天琴望着窗外的雨，嘴角抽动了一下。五年的拼搏，让她原本红润饱满的面颊变得枯干失色。她憔悴得那么厉害。启明心中一颤。他的理想、他不顾世俗生活的追求，在这个充满人间烟火气的女人面前，并没有那么高尚。坐在两人之间的小人儿仿佛已经明白了将要发生的不幸。她抬头看看爸爸，又看看妈妈，圆圆的黑眼睛里透着紧张、不安与恐惧，连咳嗽都轻轻地，小心翼翼。

我是一个自私的人。启明沉重地想。我放弃了婚姻的承诺与对女儿的责任。我没有为让她们过上更好的生活而奋斗。我选择了不被这个世界理解的事业。

"启明，"妻子轻轻地说，"请你理解。我必须把小鸽带进城，她的哮喘已经很严重。在城外多留一天，就多一天伤害。"

"我明白。"启明垂下头，脑袋很沉，几乎抬不起来。昨天已经办了离婚手续，今天这一顿，就算是散伙饭了。小鸽伸手牵住她，五岁女孩柔软的小手盖在他骨节粗大的右手上，轻轻地拉，轻轻地扯，让他的手发痒，让他的心一阵阵地疼。

"爸爸……"她红润饱满的嘴唇轻轻吐出这两个字。那一瞬间他真想拔腿逃跑。他觉得自己在这个人类社会中是多么失败、自私和不负责任。他不知道小鸽长大之后，是否也会用别人的眼光来看待自己，然后认同他是一个失败者、一个差劲的父亲、一个对世界毫无用处的人。

"妈妈要带你搬到一个新城市去住，一个漂亮又干净的地方，你一定会喜欢那里的。"他尽量用平静的语气对女儿说。

"爸爸，你不去吗？"小鸽的眼神里流露出惶恐和不安。

"爸爸要出差，爸爸要去一个很远很远的观测站。不过我一回来，就会去看你的。"他勉强笑着对她说。他抬起头，面对自己的前妻，问："我想每年带小鸽去旅行一趟，可以吗？"

天琴点点头，她望着启明，嘴唇轻轻嚅动，却说不出话来，然后飞快扭转头，擦掉顺着鼻翼流下来的眼泪。

客车沿着漫长的湖岸线前行，望着布满天幕的阴云，启明的心情也越来越沉重。

"爸爸，快来！"小鸽踮着脚尖，在湖岸边的碎石上雀跃地跑跳。阴云铺满了天空，雪山静穆，环绕着蓝得透亮的冰湖。空气清爽，几乎带着甜味，启明深吸了一口气，享受这难得的自然馈赠。这一刻他放下了对天气的担忧，把山水之美深深记在了心头。

他们就住在湖边的一家青年旅社，离小镇中心只有两百多米，湖水几乎漫到了楼下，窗户对着湖面的一角，可以望见不远处的雪山。

天快黑了，启明和小鸽手拉着手，在镇中心唯一的大道上散步，路边有比萨店、啤酒屋、日本料理屋和一家中餐馆。这几天父女俩已经吃腻了薯条汉堡，他们决定去吃中餐，叫了麻婆豆腐和虾仁炒饭，一份饭居然有满满一小盆，足够两个人分食。启明看女儿吃得那么香，心里又惦记起那件事了。

吃完饭他们继续散步，到旅游中心打听了一下，店员告知,当晚的观星活动不开放预订。

"今天确定看不到星星吗？"

店员摇摇头表示同情。

店外停着一辆喷绘着库克山天文台外景和"星空探索"字样的大巴车，车上还画着星轨和星图，令人浮想联翩，却更加深了他的失落。那是湖畔库克山顶上的天文台专车，用来接载参加观星活动的游客，无法观星时就停运了。

"爸爸，给我拍个照吧！"小鸽靠在大巴车上，张开双臂，做出种种热烈的姿势。启明一遍遍为她拍照，心头却泛起阵阵苦涩。女儿一点也没有露出失望的样子。她真那么高兴，还仅仅是为了安慰自己呢？

夜幕降临，父亲和女儿并肩走到一片最开阔的湖面前方，成片紫色的鲁冰花汇成了夜色中暗青色的锦帐。湖边一座简朴的坡顶石头小屋是镇上的教堂。

"牧羊人教堂。"他轻轻叫出声来。多少幅绝美的观星照片都是在这里取景的。可是今天……

"爸爸，我们坐下来等等吧。"女儿乖觉地说。他们在湖边找了两块并排的石头坐下来。他抬头望着厚厚的阴云占据的天幕，那是沉沉压在他心头的分量啊。三年，他整整攒了三年才凑足了这次国外旅行的费用，作为他送给小鸽小学毕业的大礼。旅行中的各个站点他都反复设计，想让她满意。小鸽喜欢《指环王》中霍比特人的矮人国，北岛上的玛塔玛塔小镇是她最想去的地方。当然其他取景地如南岛的峡湾、箭镇也都在名单上。但在影片的取景地之外，他专门加上的这一站，其实才是他旅行的真正目的。是的，他带着女儿，远赴万里，是想到南半球这个迷人的小岛上，来看世界上第一个国际星空保护区。他想对着这片星空，向女儿解释，自己的工作在今天的世界有什么用处。

他不知道那群星灿烂、河汉迢迢的视觉冲击是否能让她明白自己的人生选择。

可是今夜，没有星星。

什么都没有。

入夜了，黑沉沉的天空下，一切都那么静寂。只有拍岸的湖水，发出往复的潮汐之声。鲁冰花都沉入了夜色，雪山深色的剪影在黑夜中影影绰绰。他冷得发颤。这个季节，镇上的早晚温差有 16 摄氏度，穿着冲锋衣都顶不住一阵阵的寒意。他忽然觉得自己很可笑，为何直到现在还不能接受看不到星空的事实。小鸽打了个喷嚏，从背包里摸出一块大披巾把肩膀裹了起来。

此刻，他想起女儿的哮喘，刹那间又是难过又是自责，连忙说："小鸽，我们回去吧。"

"不等星星了吗？"小鸽有点失望。

"恐怕等不到了。"他苦涩地摇摇头，伸手搀住女儿，想扶着她一起站起来。

"等一下。"女儿推开他，又伸手到背包里去掏出一件东西，随手打开，用拇指按亮了，那是一台生物电能的平板电脑。

启明不明所以，有些傻呆呆地望着小鸽打开一个写着"观星"的 App 软件，然后将平板举了起来，举向天空。一块晶莹的屏幕上亮起了一片小小的星空。这是软件根据他们的实时位置，为他们推送的星空图景。

"爸爸，你来讲给我听听吧。"

"你也喜欢观星吗？"他的声音有些颤抖。

"是妈妈教我的。"女儿说，"她总是说，虽然现在看不到星星了，但其实它们一直在那里。"

启明努力眨了眨眼睛，挤走热泪带来的重影。他想象着天琴平日是如何带着女儿在这块屏幕里认识星空，认识父亲，了解他们当年的爱情。

今夜，倘使父女俩可以头挨着头，在一个小小屏幕的指引下，对着灿烂的星河，细细辨认一颗颗或明或暗的星星和它们可能蕴藏的亿万世界，那会是多么美好的一幕啊。

"爸爸！"女儿温柔地催促他，那声音真像天琴。

启明笑了。头顶黑暗的天空仿佛被这小小屏幕揭开了一角，那里有无数放射着奇光异彩的行星、恒星、喷吐着物质的瑰丽星云和吞噬一切的幽深黑洞，传说中的诸神之星星罗棋布。宇宙诞生的那一瞬间，就躺在遥远的星空彼岸。一切生命，所有存在，被这群星的网络牢牢牵系在一起，从时间的起点，直到时间的尽头。

　　他帮着小鸽把平板举得更高一些，屏幕上，在南天极的上方，半人马座的 α 星和 β 星附近，三颗亮蓝色的星与顶端一颗黄色的光点形成一组十字形光簇："看，那就是南十字星！"

　　在小鸽的欢呼声中，整个星空亮了。